#점장아님주의,
편의점

#점장아님주의. 편의점

ⓒ석류, 2022

초판 1쇄 2022년 11월 11일 발행

지은이   석류
펴낸이   김성실
책임편집 박성훈
표지   형태와내용사이
제작   한영문화사

펴낸곳   시대의창 등록 제10 - 1756호(1999. 5. 11)
주소   03985 서울시 마포구 연희로 19 - 1
전화   02)335 - 6121   **팩스**   02)325 - 5607
전자우편 sidaebooks@daum.net
페이스북 @sidaebooks
트위터   @sidaebooks

ISBN 978 - 89 - 5940 - 794 - 1 (03810)

#점장아님주의, 편의점

ENFJ의 4년 5개월
편의점 알바 이야기

석류 에세이

시대의창

2020년 1월, 편의점에 대한 글을 본격적으로 쓰기 시작했습니다. 그동안 메모해두었던 내용을 토대로 틈틈이 이야기를 썼습니다. 2021년 가을부터 끊임없이 이야기를 다듬는 작업을 거쳐 2022년 가을에 드디어 활자로 세상에 내어놓습니다. 어느덧 네 번째 책입니다.

김밥집, 전단지, 호프집, 휴게소, 콘도, 호텔 중식당, 게스트하우스, 서점, 편의점, 물류센터 등 이제껏 삶을 살아오며 여러 곳에서 부지런히 매일을 버텨왔습니다. 이곳에 열거하지 않은 단기 아르바이트도 참 많았고요.

오랜 시간 다양한 분야에서 서비스업 노동자로 살아오면서 많은 것을 보고 느꼈습니다. 직장 내 괴롭힘, 임금체불, 열정페이, 갑질, 성차별 임금, 근로계약서 미준수, 최저임금 미달…. 고용해준다는 이유만으로 저에게 부당함을 떠넘기는데도 당장 생계 때문에 참아야 했던 순간들이 떠오릅니다. 암담했지만 인간의 생존 본능은 생각보다 강했습니다. 저 또한 그러한 환경에서 악착같이 살아남기 위해 최선을 다했습니다.

이 책에 담긴 글들은 한 인간의 생존 분투기입니다. 그와 동시에 현실과 이상의 괴리에서 꿈을 놓지 않으려는 한 작가의 이야기이기도 하고요. 이 책을 통해서 비정규직 노동자의 삶의 무게를 많은 사람이 알게 된다면 좋겠습니다.

'#점장아님주의, 편의점'이라는 제목으로 세상에 제 이야기를 내놓을 수 있게 해주신 시대의창 출판사에 감사드립니다. 덕분에 이 이야기들이 좁은 저의 세계를 넘어 더 넓은 곳으로 나아갈 수 있게 되었습니다. 흔쾌히 멋지고 아름다운 추천사를 써주신 백재호 감독님과 김동식 작가님에게도 감사드립니다. 두 분의 추천사로 인해 책에 든든한 날개가 생긴 느낌입니다. 그리고 바다가 있는 도시에서 언제나 제 글이 제일 재미있다며 물심양면으로 저를 응원해주는 친구 지영이에게도 무한한 고마움을 전합니다.

인생의 모든 순간이 반짝이고 빛날 수만은 없지만, 이 글을 읽는 여러분에게는 그런 순간이 많았으면 하고 바랍니다. 노동의 가치를 믿는 세상의 모든 노동자에게 이 글을 바칩니다. 우리 모두 어제보다 오늘 더 행복해집시다.

2022년 가을, 진주에서
석류

목차

길 끝에는
편의점

＃ 편의점
사람들

편의점
유감

2017년 가을, 나는 미래를 알지 못한 채 편의점이라
는 공간에 들어섰다. 10년이 넘는 시간 동안 수많은 서비스업
노동을 해왔다. 고속도로 휴게소에서 몇 달간 일하던 시기에
편의점 파트를 맡은 적이 있었고, 서점에서 일할 때도 캐셔 업
무를 했기에 계산대를 맡는 건 내게 어려운 일이 아니었다.

첫 책 출간과 함께 일했던 곳을 그만두고 몇 달간 국내와 국
외를 떠돌았는데, 그런 생활을 반복하다 문득 불안감이 엄습했
다. 가진 돈이 바닥을 보였기에 당장 먹고살 방법을 궁리해야
했다. 최대한 교통비를 아끼며 집에서 걸어 다니며 일할 수 있
는 곳을 찾다 보니 편의점이 눈에 띄었다. 운이 좋게도 때마침

평일 알바를 구하는 곳이 있었다. 주말 이틀간을 오롯이 내 시간으로 삼아 글을 쓸 수 있다는 점에 이끌려서 나는 편의점에서 일하기 시작했다.

그때까지만 해도 알 수 없었다. 4년이 넘는 시간을 편의점에서 보내게 될 줄은. 처음에 일할 때까지만 해도 몇 달 정도만 임시로 일하다가 괜찮은 일자리가 나오면 옮겨 갈 생각이었다. 애석하게도 좀처럼 괜찮은 일자리가 나오지 않았고, 비록 수입이 적지만 이틀을 붙여서 쉴 수 있다는 이유 하나로 나는 냉장고에 붙은 마그넷처럼 편의점에 오랫동안 붙어 있었다.

휴게소 편의점과 달리 프랜차이즈 편의점은 훨씬 다양한 품목을 구비하고 있었다. 나는 일을 시작하며 편의점에서 판매하는 물건이 생각보다 더 많다는 사실에 내심 놀랐다. 손님으로 들어섰을 때는 재빨리 물건을 고르고 나가기 급급해 편의점에 그렇게 물건이 많다는 생각을 하지 못했기 때문이다.

편의점에서 일하며 '손님'이라는 이름을 가진 불특정 다수에게 수치심과 모멸감을 느끼는 일도 빈번했다. 반면, 말없이 조용히 구입한 음료를 내 쪽으로 밀어서 주는 이들이나 힘내라고 따뜻한 응원의 목소리를 내어주는 이들도 있었다. 이들 덕분에

OPEN

힘들고 긴 그 시간을 버틸 수 있었다.

아르바이트 구인 사이트에서는 편의점 알바를 '꿀알바'로 소개하며 구인 광고 이메일을 보내거나 사이트에 광고 배너를 띄운다. 나 또한 편의점에서 일하기 전에는 단순히 물건을 채우고 계산만 해주는 '꿀알바'일 줄로만 알았다. 그러나 사람과 사람 간의 대면에서는 언제나 예측할 수 없는 일들이 일어나기 마련이다. 편의점 또한 별반 다르지 않았다.

폭언과 욕설, 갑질을 당한 날 밤에는 눈을 감아도 잠이 오지 않았다. 감은 눈 사이로 일하며 겪은 부당한 상황이 영사기에 필름을 빠르게 감듯이 스쳐 지나갔다. 잘못하지 않았지만 잘못했다고 말해야 했다. 죄송하지 않았지만 죄송하다는 말로 비굴하게 고개 숙여야 했다. 그 순간들이 둥둥 떠오를 때면 어김없이 악몽을 꾸었다.

게다가 불안정한 고용은 언제나 꽉 조인 넥타이처럼 내 목을 텁텁하게 조여왔다. 나는 생존을 위해 고개를 숙여야만 했다. 그런 현실을 견디기란 너무 괴로워서 더 필사적으로 글쓰기에 몰두했다. 편의점에서의 마지막 시간을 보내며 펴낸 이 책은 에세이를 가장한 비정규직 노동에 관한 이야기다. 많은 사람이 매일 드나드는 '편의점'이라는 공간에서 벌어지는 이야기들을 꾸밈없이 진솔하게 담았다. 책장을 넘기며 '편의점'이라는 세계가 조금 더 궁금해진다면 그것만으로도 좋겠다.

24시간 불빛이 꺼지지 않는 간판 아래, 누군가는 매일 같은 자리에 서서 도시를 지킨다. 그렇게 오늘 하루도 나는 편의점에 있다.

#길 끝에는 편의점

———— 빙글빙글 돌아가는
하루

오전 6시 20분. 어김없이 알람이 울린다. 혹시나 휴대폰 알람을 끄고 다시 잠들까 봐 스마트 워치에도 알람을 설정해두었다. 손목에서 진동이 오고 머리 위에 올려둔 휴대폰에서는 시끄러운 알람 소리가 얼른 일어나라며 나를 재촉했다. 마음 같아서는 더 자고 싶었지만, 오늘은 평일이기에 잠은 일단 주말로 미뤘다.

졸린 눈을 비비며 아침 대신 종합 비타민과 밀크씨슬을 입 안에 욱여넣고 꿀꺽 삼켰다. 습관적으로 어깨를 두드리며 욕실로 향했다. 또 하루가 시작되었다.

매장에 도착해 유니폼 조끼를 입고 계산대로 가니 범이 아

저씨가 기다렸다는 듯이 읽던 책을 덮고 계산대 안에 있는 동
그란 의자에서 일어섰다. 범이 아저씨가 일어난 반동으로 의자
가 살짝 회전했다. 나는 의자를 한쪽 구석으로 밀어두고 포스
기 시재점검 버튼을 눌렀다.

포스기에 있는 현금이 오늘도 딱 맞기를 바라며 돈을 세었
다. 다행이었다. 차이금액이 0원이었다. 상품권과 교환용 잔돈
개수를 확인할 차례였다. 나는 능숙한 손길로 서랍을 열어 상
품권을 셌다. 교환용 잔돈도 셌다. 이것도 이상 무.

마지막 단계가 남았다. 내가 일하는 시간에는 매장에서 치킨
을 튀겼다. 치킨을 진열할 때 쓰는 트레이를 아침마다 씻어야
했다. 치킨 트레이를 씻으며 테이블용 행주, 계산대용 행주, 소
독용 행주도 함께 빨아서 제자리에 뽀송뽀송하게 준비해놓았
다. 이윽고 범이 아저씨는 완연한 퇴근 자세를 하고서 수고하
라는 말을 남기고는 홀연히 문을 나섰다.

그 시간부터 매장은 저녁 교대시간이 되기 전까지 오롯이
나 혼자 책임졌다. 계산대 바로 옆에는 샌드위치, 햄버거, 삼각
김밥, 줄 김밥, 도시락이 각각 한 층씩 나누어 진열되었다. 나는
그 매대를 살피며 마치 부침개를 뒤집듯 식품을 뒤집어 유통기

한을 확인했다. 다른 상품과 달리 'F/F'라고 부르는 간편 식품은 매일 들어왔다. 유통기한이 하루 남짓이기 때문이다. 그나마 햄버거가 조금 긴 편인데, 그렇다고 한들 고작 이틀이나 사흘 정도였다.

간편 식품을 확인하고 나면 동네 한 바퀴 대신 매장을 한 바퀴 돌았다. 마실 나온 기분으로 천천히 돌면서 혹시 매대에 빠진 상품이 있으면 창고에서 재고를 꺼내 진열했다. 페이스업(매대 뒷편에 놓인 상품을 앞으로 당겨 진열하는 일)이 되지 않은 상품이 있으면 잘 보이도록 앞으로 옮겨놓았다.

계산대로 돌아와 정산금액을 다시 확인했다. 그러고는 동전으로 교환해야 할 잔돈과 정산금액을 챙겨 매장을 나섰다. '합법적'으로 매장을 비울 수 있는 유일한 시간이었다.

잠시 동안 은행 업무를 보고 매장에 돌아오면, 담배수납장·실온창고·냉장창고를 정리할 시간이었다.

담배수납장은 계산대 뒤편 담배진열장 아래에 있었다. 국산담배, 외국산 담배, 전자담배까지 온갖 종류가 다 있다. 보루로 담배를 찾는 손님이 많기 때문에 담배가 종류별로 넉넉하게 있는지 확인했다. 가끔 다른 자리에 엉뚱하게 진열된 담배가 있

OPEN

으면 제자리에 옮겼다. 과자, 라면, 음료수, 술도 마찬가지다. 상품을 종류별로 정리했다. 그러다 보면 마치 물건들마저도 혈연, 지연, 학연이 있다는 생각이 들고는 했다.

이제 정리가 모두 끝났다. 치킨을 튀길 차례다. 계산대 안쪽에는 편의점 전용 튀김기가 놓여 있었다. 튀김기 밑에는 냉동고가 있어, 여기서 냉동 치킨을 꺼내어 튀겼다.

치킨에는 저마다 부여된 번호가 있다. 튀김기에 번호를 입력하고 '시작'을 누르면 기름이 예열되는 소리가 나면서 이내 치킨이 튀겨진다. 다 튀긴 치킨을 트레이에 올려 치킨 전용 쇼케이스에 진열했다. 포스기에는 치킨 유통기한을 영수증처럼 발행할 수 있는 '상미시간조회'라는 기능이 있다. 그걸 누르면 판매 가능한 시간이 나왔다. 매일 열두 시간이 치킨에게 주어졌다. 그 시간 동안 아무에게도 선택받지 못한다면 치킨은 폐기됐다.

잠시 한숨을 돌리기 위해 의자에 앉아 있으려니 F/F, 빵, 얼음컵, 아이스크림을 담은 물류차가 도착했다. 물건 수량과 주문량을 검수한 뒤 상품을 하나씩 진열했다. '출고집계표'라 쓰인 종이에는 그날 들어온 상품명과 개수가 정갈하게 기록돼 있다. 거의 틀리는 일이 없지만, 가끔 누락된 상품이 있을 경우 포스기에 '오출등록' 메뉴를 눌러 들어오지 않은 상품 개수를 등록했다. 등록과 동시에 자동으로 물류센터로 데이터가 전송됐고, 매장 재고도 조정됐다.

일을 마치고 나니 어느덧 오후. 점심시간이 훌쩍 지났다. 나는 치킨 냉동고를 식탁 삼아 집에서 챙겨온 반찬을 풀어놓고 햇반을 데워 첫 끼를 먹었다. 이제 겨우 반이 지났을 뿐인데 하루가 끝난 기분이 들었다.

OPEN

────── 가장 많이
하는 말

24HOURS

"어서 오세요." 딸랑이는 풍경 소리와 함께 문이 열리면 반사적으로 인사말을 건넸다. 편의점에서 일하며 가장 많이 하는 말이 무엇일까. 압도적 1위는 역시 "어서 오세요" "안녕히 가세요" "○○○ 원입니다" "봉투 필요하세요" 같은 인사말과 계산 멘트다. 코로나19 탓에 "마스크 착용 부탁드립니다"와 같은 말도 많이 했다.

계절에 따라 많이 하는 말도 다르다. 여름에는 차가운 음료와 얼음컵이 많이 팔리기 때문에 "빨대는 얼음컵 꺼내신 곳에 보시면 있습니다"가 1위 자리를 호시탐탐 넘보았다. 하지만 기본 멘트만큼은 아니어서 1위를 차지한 적은 없었다.

#길 끝에는 편의점

겨울에는 내려 마시는 따뜻한 원두커피가 단연 인기였다. 원두커피를 계산하는 손님에게 "커피 컵은 머신기 위에 보시면 있습니다"라는 말을 필수로 덧붙였다. 빨대나 컵 위치를 먼저 설명하지 않으면 손님 열이면 열 꼭 물어보기 때문에 미리 설명하는 편이 나았다. 사람의 시야는 의외로 좁은 데다 눈앞에 있으면 더 찾지 못하는 경우가 많았다.

그 밖에는 "전자레인지는 뒤편에 보시면 있습니다" "지금 매대에 있는 게 재고의 전부입니다" "찾으시는 물건이 있으신가요?" 같은 말을 많이 했다.

손님 한 사람당 기본 네 마디 이상을 한 듯하다. 그래서 일하는 내내 목이 자주 말라 $500\,ml$ 물을 한 통씩은 마셨다. 매번 사서 마시려니 그것도 은근히 돈이 꽤 들어서 인터넷에서 스무 개씩 세트로 주문해서 출근할 때마다 챙겼다. 말을 많이 해서 마스크가 젖을까 봐 예비 마스크도 늘 가지고 다녔다.

퇴근한 뒤에는 입을 다물고 살았다. 집 안에는 재생해놓은 넷플릭스나 유튜브에서 흘러나온 소리만이 가득했다. 그러다 재생이 멈추고 고요한 밤이 오면 말하는 법을 잃어버리지 않을까 두려웠다.

내게는 강박이 있다. 나는 흐트러진 물건을 보면 참지 못한다. 매대가 흐트러지면 바로 정리해야 한다. 자리가 빈 곳은 무조건 즉각 채워야 한다. 그러지 않으면 계속 신경이 쓰여 괴롭다.

강박 덕분에 내가 근무하는 시간에는 매대와 창고 물품이 늘 가지런했다. 그런데 다음 날 출근해서 보면 다시 엉망진창이 되어 있었다. 범이 아저씨는 성실하고 사람 좋지만, 흔히 말하는 '일머리'가 없었다. 아저씨 나름대로 일을 하긴 했는데, 교대할 때 보면 매대 물건이 들쑥날쑥이고 커피머신과 계산대가 항상 너저분했다. 제발 페이스업을 신경 쓰고 물건 잘 채워

달라고 부탁해도 아저씨는 매번 잊었다.

할 수 없이 교대하고 나면 매번 나는 매장을 돌면서 매대를 정리하고 빈 물건을 채웠다. 30~40분가량 매장을 정리하고 나면, 과자·라면 창고와 '워크인'이라고 하는 냉장창고 정리를 했다.

과자, 라면, 음료수 등은 주로 밤에 들어왔다. 범이 아저씨는 당장 눈에 보이는 것만 치우면 된다고 생각하는지, 아저씨가 창고에 들어갔다 오면 물건이 뒤죽박죽 섞인 채 쌓여 있었다. 물건을 종류별로 정리하고 배열하고 나면 나는 그제야 일할 준비가 된 느낌이 들었다.

그나마 창고 정리는 하루에 한 번 정도만 하면 되지만 매대는 달랐다. 끊임없이 손님이 드나들기 때문에 자주 흐트러졌다. 간혹 제자리가 아닌 곳에 물건이 놓여 있기도 했다. 나는 손님이 서성이던 자리를 살피고 정리했다. 각을 맞춰서 물건을 정리해놓은 뒤의 뿌듯함이란!

가끔 본사 직원들이 점검차 매장에 올 때가 있었다. 나는 그들에게 직접 편의점을 경영해보지 않겠냐는 제안을 여러 번 받았다. 웬만한 사장보다 매장을 깨끗하게 정리 잘한다고. 듣기

OPEN

좋은 말이었지만 그때마다 정중히 사양했다. 오로지 내 강박
덕분이니까.

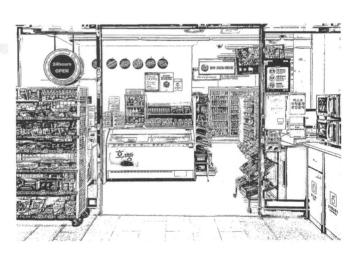

———— 짧은 머리와
계산

우리 사회에는 머리카락에 관한 암묵적 룰이 있다. 여자는 머리가 길어야 하고, 남자는 머리가 짧아야 한다는 것. 그래야 여자답고, 남자답다.

나는 오래전부터 그 룰이 싫었다. 고등학교를 졸업하고 난 뒤에는 치마를 입지 않았다. 신발도 늘 운동화를 신었다. 학생 때는 허리까지 내려올 정도로 길었던 머리도 몇 년에 걸쳐 조금씩 잘라냈다. 지금 내 머리 모양은 단발을 거쳐 투블럭이다.

짧은 머리는 머리를 감고 말리는 데 시간이 얼마 안 걸린다. 취재나 답사를 다닐 때면 정말 편하다. 특히 머리가 짧아진 뒤에는 아침에 일어나서 준비하는 시간이 줄었다. 아침잠이 많은 나는 어느새 '간소한 아침 일과'에 중독되었다. 머리를 감고 말리느라 많은 시간을 들일 바에는 5분이라도 잠을 더 자는 게 나으니까. 다른 이유는 없다. 짧은 머리가 그저 편하다.

그런데 짧은 머리에도 단점은 있다. 긴 머리일 때보다 미용실에 자주 가야 한다는 점이다. 자주 관리하지 않으면 짧은 머리는 금세 지저분해 보였다.

"너무 짧지 않아요?"

매달 똑같은 길이로 자르는데도 미용사는 항상 너무 짧지 않냐고 내게 물었다. 한 달 뒤에 또 와서 자를 걸 알면서도 묻는 이유를 잘 모르겠다.

앞머리와 옆머리가 짧은 바가지 투블럭 모양인 탓인지, 편의점 손님들에게 성별이 뭐냐는 질문을 많이 받았다. 손님들이 서로 짜기라도 했는지 한동안은 매일 질문을 받기도 했다.

"남자예요? 여자예요?"

처음에는 일일이 부연 설명까지 덧붙여서 대답했다. 그런데 계속 같은 질문을 받다 보니 무척 피곤했다. 계산대가 붐빌 때는 때때로 질문을 듣지 못한 척 넘겨버릴 때도 있었다. 나이 많으신 어르신들은 그럴 때면 내게 젊은 사람이 대꾸가 없다며

불친절하다고 하거나 쌍욕을 하기도 했다.

"키나 목소리는 여자 같은데 머리는 왜 남자처럼 잘랐어
요?"

여자처럼 자르는 머리가 있고, 남자처럼 자르는 머리가 따로
있는 걸까. 남자도 긴 머리를 할 수 있고, 여자도 짧은 머리를
할 수 있다. 키도 마찬가지. '여자 같은 키'가 있는 게 아니고,
'남자 같은 키'가 있는 게 아니다.

"친구랑 내기했는데, 성별이 뭐예요?"

대뜸 내기를 했으니 성별을 알려달라는 손님도 있었다. 일면
식도 없는 사람을 자신들의 내기 대상으로 삼는다는 사실이 무
례하게 느껴져 일부러 대답하지 않았다. 그러자 손님은 왜 대
답을 안 하냐며 화를 내고는 나갔다. 아침의 편리함과 맞바꾼
대가로 나는 호기심 어린 시선들을 피할 수 없었다.

누구에게나 마음속에 '로망'이 하나씩 있다. 나의 로
망은 슈퍼마켓 주인이었다. 온갖 주전부리가 넘쳐나는 슈퍼는
어린 시절 내게 천국과도 같은 공간이었다.

어릴 때 나는 아무리 규모가 작은 동네 구멍가게에 들어가
더라도 항상 긴 선택의 시간을 마주했다. 이것도 사고 싶고 저
것도 사고 싶었으니까. 선택의 시간을 거쳐 사 들고 온 과자들
은 달콤하고 또 달콤했다.

'어른이 되면 꼭 슈퍼를 차려야지.'

시간이 흘러 어른이 된 나는 슈퍼를 차리지 못했다. 대신 편
의점에서 일했다. 어린 시절 슈퍼에는 식품 위주의 물건이 주

로 있었다. 그런데 편의점에는 온갖 물품이 다 있다. '이건 없겠지' 싶은 것도 있는 편의점은 참으로 흥미로운 공간이다.

내가 일한 편의점은 신상품이 발매되면 사장이 바로 주문을 넣어서 잘 들어오는 편이었다. 주변에 있는 초등학교를 겨냥해 과자, 사탕, 젤리 종류가 특히 자주 들어왔다.

신상품이 들어올 때마다 군침을 흘리며 물건을 한참 들여다보는 초등학생들이 마냥 귀여웠다. 여러 개를 다 살 수 없어서 손에 들고 고민하는 아이. 신중한 표정으로 젤리를 들여다보며 살까 말까 고민하는 아이. 그 순간 아이들의 로망은 어떤 모습일까, 편의점 주인도 있을까? 아이들 얼굴을 볼 때면 어린 내 얼굴이 슬며시 겹쳤다. 나는 햄릿보다 더 비장한 표정으로 '살 것이냐 말 것이냐, 그것이 문제로다' 고민했다.

어릴 때는 어른이 되면 다를 줄 알았는데 아니었다. 어른이 되었지만 여전히 원하는 걸 모두 다 살 수 없다. 삶은 여전히 선택의 연속이다.

내 인생의 가장 큰 선택은 작가가 되기로 한 결심이었다. 작가는 살 수 있는 상품의 폭을 더 좁게 만들었다. 다른 직업을 가졌더라면 살 수 있는 물건 개수가 지금보다 많았을까.

편의점 첫날 사장이 말했다. 손님이 없는 시간에는 책을 읽건 공부를 하건 마음대로 시간을 보내도 된다고. 야간에는 책을 읽거나 공부를 하기도 한다는데 애석하게도 내가 일하는 주간에는 손님이 많았다. 손님이 드문 틈은 고작 몇 분 정도였다.

계산대에서 공부할 마음이 딱히 있지는 않았다. 그렇다고 스마트폰만 내내 쳐다보고 싶지도 않았다. 책을 읽고 싶었다. 퇴근하고 집에 가면 녹초가 되어서 금세 잠들었기 때문이다.

초기에는 종이책을 들고 출근했다. 그런데 이틀도 되지 않아 포기하는 게 낫다는 결론을 내렸다. 손님이 들어오면 책을 덮고, 손님이 나간 뒤에 책을 다시 펼치기를 종일 반복하다 보니 무척 피곤했다.

그러다가 전자책을 떠올렸다. 여행 갈 때 책을 들고 다니기 힘들어 구입한 전자책 리더기를 이참에 제대로 활용해봐야겠다는 생각이 들었다. 곧장 다음 날부터 전자책 리더기를 들고 출근했다.

터치 한 번으로 책장을 넘기는 게 가능하고 따로 책을 덮을 일도 없으니 생각보다 더 편했다. 손님이 뜸하고 진열할 물건도 없고 정리할 매대도 없는 짬마다 전자책을 펼쳤다.

새 프로젝트에 돌입할 때면 관련 책이나 논문을 공부하듯 찾아 읽었다. 주말에 몰아서 읽기에는 읽을 양이 많아 고민하던 나에게 '계산대 독서'는 크게 도움이 되었다.

이따금 계산대 한쪽에 놓인 전자책 리더기를 발견한 손님들이 궁금한 눈빛으로 내게 물었다.

"이게 뭐예요?"

"전자책이에요."

"와, 신기하네요. 이렇게도 책을 읽을 수 있구나."

계산대 독서를 꾸준히 할수록 나는 '나'와 '알바' 사이의 경계를 지워갔다.

OPEN

　　매일 하루에 한 시간씩 걸어 다녔다. 일하는 E동 편의점이 걸어서 편도로 30분 정도 걸리기 때문이다. 버스를 타면 5분 만에 도착하는지라 효율성을 곰곰이 따져보다가 도보를 택한 지도 어느덧 수년째.

　　P동과 S동 편의점에서 일할 때는 버스로도 30분이 넘게 걸리는 탓에 도저히 걸어 다닐 수 없었다. 버스비도 많이 들었다. E동은 걸어서 갈 수 있어서 교통비 압박을 받지 않으니 장점이라면 큰 장점이었다. 매일 걷다 보니 자연스럽게 운동도 되어 일석이조였다.

　　우리 동네와 E동 사이에는 하천이 하나 있다. 출퇴근할 때면 나는 하천 옆으로 난 산책로를 따라 걸었다. 동네 사람들이 자주 이용하는 곳이라 잘 관리되어 있어 산책로에는 잡초가 우거질 새가 없다.

꽃이 피는 봄이면 하천에는 오리들이 물 위에 유유히 떠 있다. 4월쯤에는 산책로를 따라 심어진 벚나무가 꽃을 피웠다. 팝콘 같은 벚꽃 잎이 바람에 흩날리는 동안 나도 한결 얇아진 옷차림으로 걸었다.

여름이 가까워지면 온갖 풀이 빠른 속도로 자랐다. 한번은 작은 실뱀을 만났다. 너무 놀라 순간 몸이 굳어버렸다. 그렇다고 뱀 때문에 그 길을 포기할 수는 없었다. 산책로 중간쯤에서 벗어나 골목을 하나 지나면 내가 일하는 편의점이 나왔다. 큰길로 가는 것보다 훨씬 빠르기 때문에 뱀을 마주친 뒤로도 그 길로 계속 다녔다.

여름이 지나가면 짧은 가을을 거쳐 겨울이 왔다. 겨울에는 하천이 얼었다. 오리도 오지 않아서 출퇴근 길이 심심했다. 주변에 볼 것이라곤 자동차밖에 없는 큰길보다는 그나마 나았다.

겨울에는 마스크를 쓰고 롱패딩을 입고 장갑을 끼고 산책로를 걸었다. 마스크 틈으로 새어 나온 입김이 겨울 아침의 찬 공

OPEN

기와 만나 내 앞머리와 눈썹에 눈꽃이 피기도 했다.

계절과는 상관없는 풍경도 있었다. 매일 아침 아주머니 한 분이 똑같은 시간에 강아지를 데리고 산책을 했다. 작고 몽글 몽글한 강아지는 내가 옆에 지나가거나 말거나 항상 앞만 보며 걸었다.

이들을 만날 때면 시간이 얼마나 되었는지 자연스레 가늠할 수 있었다. 아주머니와 강아지가 조금 멀리 있으면 생각보다 빨리 편의점에 도착했다. 내가 산책로에 들어설 때쯤 산책을 마무리하는 아주머니와 강아지를 마주치면 나는 속도를 내야 했다.

매일 편의점에 고여 있는 나에게 천변 산책로를 따라 걷는 30분은 온전하게 숨을 쉴 수 있는 시간이었다. 온도와 공기를 온몸으로 느끼며 흐르는.

——— 편리함과 번거로움의 경계,
택배

예전에는 택배를 보내려면 직접 우체국에 가거나 OPEN
택배사에 연락해 수거를 부탁해야 했다. 그러나 2002년부터는
편의점에서도 택배를 부칠 수 있다. 더 시간이 흐른 지금은 반
값 택배라는 이름으로 배송지를 편의점으로 설정해 택배를 받
을 수도 있다.

편의점 택배 기계의 모양새는 단순했다. 모니터와 저울 외에
다른 건 없었다. 접수 모니터는 셀프 계산대의 키오스크와 똑
같이 생겼다. 모니터 밑에는 저울이 놓여 있었다.

모니터에 주소와 연락처를 입력한 뒤 품목을 선택하고, 저울
에 무게를 잰 다음 '운송장 출력'을 누르면 모니터 머리 부분에

서 운송장이 나왔다. 운송장은 두 장이 연결되어 있다. 한 장에는 보내는 사람과 받는 사람 주소가 적혀 있다. 나머지 한 장으로 계산대에서 바코드를 스캔하면 택배비를 결제할 수 있다.

상자를 품에 안은 손님이 매장에 들어섰다. 나는 단번에 그 손님이 택배를 보내러 왔음을 알았다. 예상대로 손님은 택배 기계 앞에 섰다. 주소지를 입력하는지 화면을 한참 동안 터치했다. 곧이어 저울에 상자를 놓고 무게를 측정하고는 다시 상자를 안아 들었다.

손님이 용지를 가지고 계산대로 왔다. 바코드를 스캔했다. 택배 가격이 떴다. 나는 현금과 카드 가운데 무엇으로 계산할지를 물었다. 계산을 끝내고 나면 손님에게 용지를 돌려주었다. 바코드 용지는 아래쪽에 운송장 번호가 나와 있어 따로 영수증을 출력하지 않아도 접수증 역할을 했다.

반값 택배는 일반 택배와 접수에서 결제까지 과정이 동일했다. 가격과 배송지 설정이 조금 다를 뿐이다. 배송지를 같은 브랜드의 편의점으로만 설정할 수 있다. 직접 매장을 방문해 택배 물건을 찾아가야 하니까. 그 대신 가격이 일반 택배보다 1000원 정도 저렴했다. 명절이나 공휴일에도 접수할 수 있어

#길 끝에는 편의점

서 그런지 반값 택배를 이용하는 사람이 점점 많아졌다.

편의점 알바 다년차인 나는 반값 택배를 선호하지 않았다. 일반 택배는 일단 접수되면 저녁쯤에 물건을 수거해가지만, 반값 택배는 편의점 물류차를 타고 이동하기 때문에 배송이 느렸다. 일반 택배가 평균 이틀이 걸린다면, 반값 택배는 나흘 정도 걸렸다.

아무튼 반값 택배를 이용하는 사람이 늘면서, 계산대에 보관 중인 택배 상자도 많아졌다. 특히 공휴일을 지나는 동안에는 택배와 전쟁을 벌인 기분이 들었다. 보낼 택배 상자와 주인을 기다리는 택배 상자가 가득 쌓여 계산대 바닥을 땅따먹기하듯 점령했다. 만약 연휴가 충분히 길다면 택배 상자로 잭과 콩나무의 장면을 연출할 수 있을 듯했다.

간혹 일반 택배 배송지를 편의점으로 해놓은 손님도 있었다. 그럴 때마다 택배 수령을 거절하는 일이 곤욕이었다.

"○○○ 씨 있나요? 여기에 택배 맡겨놓으라고 하셨는데⋯⋯."

"여기 그런 사람 없어요. 택배 못 맡으니 집에서 직접 받으라고 하세요."

단호한 내 말에 택배 기사는 당황스러운 표정을 지으며 군말 없이 나갔다.

　어떨 때는 착불 택배인데도 배송지를 편의점으로 해놓은 사람도 있었다. 그때도 내가 할 수 있는 일은 돌려보내는 것뿐이었다.

　나는 상자들 틈에서 빈 상자처럼 서 있다가 찾아가지 않은 택배 상자를 스캔했다. 누구인지 모를 사람에게 찾아가라는 메시지를 보냈다. 마치 SOS처럼.

편의점 알바의 장점은 새로 출시된 상품을 누구보
다 빨리 만나볼 수 있다는 점이다. 발주만 신경 써서 넣는다면
출시 즉시 신상품을 만날 수 있다.

내가 일하는 편의점 사장은 신상품 발주를 잘 넣었다. 근처
에 초등학교와 학원이 있는지라 아이들이 편의점에 자주 드나
든다는 점에서 꽤나 영리한 발주 방식이었다. 아이들도 새로운
상품에 관심이 많았다. 유튜브나 SNS에서 오르내리는 상품을
발견하면 곧장 지갑을 여니까.

나 역시도 신상품에 관심이 많다. 신상품이 출시되면 호기심
으로 하나씩 사본다. 과자나 젤리, 음료수를 종류별로 사서 맛

OPEN

보는 순간은 긴 근무시간을 달래는 작은 힘이었다.

내가 가장 많이 구입한 건 젤리다. 과자는 입맛에 맞지 않거나 먹다가 질리면 남은 걸 처리하기가 곤란했다. 하지만 젤리는 한 봉지라고 해도 양이 많지 않아 부담이 없었다.

'인싸템'으로 불리는 젤리나 사탕 가운데 불빛이 나는 상품이 있다. 불빛이 안 나는 사탕이 평범한 '인싸템'이라면, 불빛이 나는 사탕은 '핵인싸템'이다. 불빛 반지, 자두 마이크, 하리보 캐리어….

불빛 반지는 어릴 적 먹은 보석 반지와 모양이 비슷했다. 다른 점이라면 반지 밑 부분에 달린 버튼을 누르면 사탕에 빛이 났다. 자두 마이크는 마이크 부분이 캔디였다. 이것 또한 마이크를 켜듯이 스위치를 올리면 사탕에 불빛이 들어왔다. 말하자면 발광 마이크다. 하리보 캐리어는 캐리어 모양의 투명 플라스틱 안에 하리보 젤리가 들어 있었다. 캐리어 손잡이를 위로 올리면 불빛이 났다. 깨알같이 캐리어 바퀴도 달려 있어서 책상에 놓고 굴리면 캐리어 굴러가는 소리가 났다.

불빛이 나지 않는 상품 가운데에도 귀엽고 아기자기한 것들이 많았다. 주사기 모양 캔디, 라면 모양 캔디, 단무지 모양 젤리, 거미 모양 젤리, 삼겹살 모양 젤리…. 이런 인싸템을 종종 사서 친구들에게 선물하곤 했다. 그때마다 친구들은 이렇게 귀여운 걸 대체 어디서 구했느냐며 신기해했다. 나이를 먹어도 귀여움 앞에서는 동심으로 돌아갔다. 그래서일까. 신상품이 들어올 때면 진열하는 시간이 꽤 즐거웠다.

주말 내내 뉴스는 중국에서 발견된 신종 코로나 바이러스 이야기로 뒤덮였다. 불과 얼마 전까지만 해도 그저 중국 내의 이야기인 줄로만 알았는데, 설을 지나며 어느새 국내에도 확진자가 여러 명 나왔다. 호흡기를 통해 감염되는 코로나 바이러스. 감염자와 잠시만 겹쳐도 바로 전염될 정도의 어마어마한 전파력을 가진 바이러스가 우리의 일상에 서서히 침투해왔다.

사스와 신종플루 때는 마스크를 쓴 적이 딱히 없었다. 그러나 이번에는 쓰지 않으면 안 되겠다는 생각이 들었다. 특히 많은 사람들이 드나드는 편의점에서는 언제 어떻게 감염될지 또

전파시킬지 몰랐다.

마스크를 쓰고 일을 한다는 건 곤욕이었다. 마스크 끈 탓에 귀가 내내 아팠다. 손님을 응대하다 보니 금세 마스크가 축축해졌지만 감염이 걱정돼 마스크를 벗을 수 없었다. 그러나 그날 손님 가운데 마스크를 쓴 사람은 아무도 없었다. 아직, 아무도 실감하지 못했던 거다.

날이 갈수록 코로나 바이러스의 전파 속도가 빨라졌다. 감염됐지만 증상이 없는 사람도 있다고 했다. 그 순간 나는 이 바이러스가 금방 소멸되지 않을 거라는 걸 직감적으로 느꼈다. 불안한 마음에 눈에 보이는 대로 마스크를 샀다. 집에 돌아오면 마스크가 담긴 택배 상자가 매일 도착해 있었다. 이제 그만 사도 되겠다는 생각이 들었을 즈음 편의점 문을 열고 들어오는 손님들도 하나둘씩 마스크를 쓰고 있었다.

"마스크 있어요?"

손님마다 마스크를 찾았다. 편의점에 구비해놓은 마스크는 고작 스무 장가량. 한 명에게 모두 팔 수 없어 1인당 한 장씩 마스크를 판매했다.

"아니, 다 팔면 좋잖아요! 왜 한 장씩만 팔아요? 장사할 줄 모르시네."

왜 한 장씩만 파냐는 아주머니의 손에는 마스크가 가득 담긴 에코백이 들려 있었다. 나는 애써 아주머니의 에코백을 못 본 척하며 대답했다.

"저희도 한꺼번에 다 팔고 싶지만, 찾으시는 분이 많아 나눠서 팔아야 해요. 죄송합니다."

아주머니는 딱히 반박할 말을 찾지 못했는지, 대답도 없이 문을 거칠게 열고 나갔다. 아주머니가 나간 뒤 들어온 손님들 모두 마스크를 찾았다. 나는 지침대로 한 장씩 마스크를 판매했다. 다행히 지침에 불만을 제기하는 손님이 없었다. 마스크 매대는 금세 텅 비어버렸다.

마스크로 가린 얼굴을 마주하면, 대면하더라도 비대면하는 느낌이 들었다. 민얼굴로 계산하던 시절이 오래된 흑백 필름의 장면처럼 머릿속에 영사됐다. 나는 소독제를 뿌려 계산대와 손잡이를 박박 닦았다.

집단 감염이 터지고 난 뒤로는 마스크를 쓰는 손님이 많아졌다. 처음에는 열 명 가운데 다섯 명 정도만 썼다면, 그 뒤로는 일곱 명이 썼다. 백신 접종이 시작되면서는 마스크를 쓰지 않은 손님이 다시 늘어 거의 5 대 5의 비율이 됐다.

"마스크 착용 부탁드립니다."

마스크를 제대로 쓰지 않은 손님에게 마스크 착용을 부탁하면 손님은 기분 나쁘다는 표정을 지었다. 한번은 마스크를 착용하지 않고 당당하게 들어오는 손님에게 마스크를 써달라고 부탁했더니 이런 대답이 돌아왔다.

"굳이 마스크 안 써도 백신 맞았으니까 괜찮아요."

"죄송하지만 손님, 저도 백신은 맞았습니다. 그래도 안전을 위해서 착용해주시길 부탁드립니다."

"진짜 빡빡하게 구네. 나 백신 맞았으니까 안전하다고! 왜 써야 하는데? 뭐 이런 데가 다 있어? 안 산다 안 사."

손님은 얼굴이 새빨개진 채로 화를 내며 나갔다. 나도 화가 났지만 내가 할 수 있는 일은 없었다. 화를 삼키며 그가 만진 문고리와 머문 매대에 소독제를 뿌렸다.

OPEN

---------- 고양이 캔과

컵라면

24HOURS　　　　나는 고양이를 좋아한다. 고양이를 키우는 고양이 집사들의 집에 방문할 때면 고양이 간식을 꼭 선물로 챙겨서 간다.

　고양이에게 '간택'당할 뻔한 순간이 나에게도 몇 번 있었다. 그때마다 나는 고양이에게 미안함을 표했다. 고양이를 좋아하는 것과는 별개로 나는 털 알레르기가 있어서 고양이와 한 공간에 오래 있을 수 없다. 게다가 답사와 취재로 집을 비우는 일이 잦아 고양이를 키울 수 있는 여건도 아니었다.

　키우고 싶지만 키울 수 없기 때문일까. 나는 '예민이'를 볼 때마다 괜스레 애틋했다.

　　　　　　　　　　　　　　　　　　　#길 끝에는 편의점

예민이는 길고양이다. 매일 먹을 걸 주는데도 나에게 곁을 절대 내어주지 않았다. 어찌나 예민하게 구는지, 예민이라는 이름이 저절로 떠올랐다.

예민이는 어느 날부턴가 편의점 앞을 서성거렸다. 아무것도 먹지 못했는지 초췌한 몰골을 하고는 출입구 옆에 앉아 지나다니는 사람들을 쳐다봤다. 안쓰러운 나머지 내가 고양이 캔을 앞에 놓아주니, 녀석은 허겁지겁 캔을 비우고는 자리를 떴다. 그 후로 더 이상 오지 않을 줄 알았다. 그런데 다음 날에도 그 다음 날에도 예민이가 왔다. 나는 어김없이 캔을 건넸고, 예민이는 먹고 나면 뒤도 돌아보지 않고 떠났다.

자연스럽게 예민이와 마주하는 시간들이 흘렀다. 꽤 친해졌다고 생각해 손을 뻗었다. 그런데 예민이가 날카롭게 나를 노려보더니 발톱으로 내 손을 할퀴었다. 예상치 못한 일격에 나는 놀라서 굳어버렸다. 나 못지않게 당황했는지 녀석도 망부석이었다. 몇 분쯤 지났을까. 당황스러운 마음을 떨쳐내고 말을 걸었다.

"그렇게 할퀴면 아프잖아. 마음대로 만지려고 해서 미안해."

내 말을 알아듣기라도 한 걸까. 예민이는 눈을 아래로 내리깔면서 "야옹" 하고 답했다. 그 뒤로는 예민이가 나를 할퀴는 일이 없었다. 나도 녀석에게 손을 뻗지 않았다.

상처가 아물 때쯤이었다. 예민이가 출입구 문 앞에서 "야옹" 하고 나를 불렀다. 출입구 문 옆에 조용히 앉아만 있던 녀석이 내게 먼저 말을 건 것이다. 기뻤다. 나는 매일 예민이를 설레는 마음으로 기다렸다.

월급날을 3일 정도 남겨둔 때였다. 통장 잔고가 텅 비었고 수중에는 3000원뿐이었다. 3000원으로 3일을 버텨야 한다는 생각이 들자 막막했다. 하루 한 끼를 950원짜리 컵라면으로 때우면 불가능하지는 않았다. 그런데 나는 아주 중요한 사실을 잊고 있었다. 예민이에게 줄 고양이 캔을 계산에 넣지 않은 것이다.

마침 출입구 문 앞에서 "야옹" 하는 소리가 들렸다. 잠시 고민하다가 1000원짜리 캔을 샀다. 나에게는 이제 2000원이 남았다. 남은 돈으로 3일을 어떻게 버텨야 하나 걱정하는 내 마음을 아는지 모르는지, 예민이는 캔을 가뿐히 먹었다.

한참을 골몰하던 차에 멤버십 포인트가 떠올랐다. 다행이었다. 내일도 모레도 예민이에게 캔을 줄 수 있었다. 나도 걱정 없이 컵라면을 먹을 수 있었다. 어쩌면 예민이에게 간식으로 OPEN 소시지도 하나 줄 수 있을 것 같았다.

━━━━ 뜻밖의
만남

24HOURS

이따금 생각지도 못한 뜻밖의 만남이 이루어질 때가 있다. 만남은 여러 형태다. 공통점이 있다면 다들 자발적으로 편의점 문을 열고 들어왔다는 점이다.

나를 만나기 위해 일부러 편의점에 방문한 친구. 우연히 근처에서 볼일을 보다가 휴대폰 배터리가 닳아서 충전기를 사러 온 지인. 동네에 사는 고등학교 동창….

수많은 편의점이 거리마다 널린 세상에서 내가 일하는 편의점에서 아는 사람을 만날 확률이 얼마나 될까. 뜻밖의 방문이 반가울 때도 많았지만, 괴로운 시간일 때도 있었다. 가령 예전에 일한 곳에서 이유 없이 나를 괴롭히던 사람이라던지….

#길 끝에는 편의점

그는 서점 직원이었다. 내가 서점을 그만두기 몇 달 전, 나는 원래 일하던 본점이 아닌 분점으로 자리를 옮겼다. 그곳에서 그를 만났다. 인사 이동 전에도 그를 알긴 했지만, 서로 이름 정도만 알뿐 친밀감이라곤 '1'도 없는 사이였다. 그런데 그는 대놓고 나를 괴롭혔다.

'혹시 내가 잘못한 거라도 있나?' '뭐가 마음에 안 드는 게 있는 건가?'

회식 자리에서 용기 내서 물었더니 이런 답이 돌아왔다.

"이유 없이 그냥 싫어요."

순식간에 분위기가 가라앉았다. 사람들은 당황한 얼굴로 급하게 잔을 들었다. 더구나 그 자리는 새로 동료가 된 나를 축하하는 환영회였다.

이유 없이 싫은 사람을 축하하는 자리에 그는 대체 왜 온 걸까. 분위기를 깨기 위해? 나는 시무룩했지만, 애써 아무렇지 않은 척했다.

시간이 지날수록 그는 점점 더 노골적으로 나를 괴롭혔다. 나중에는 이간질도 일삼았다. 내가 아무와도 친해지지 못하게 철저히 고립시키려는 듯했다. 그와 근무일이 겹치는 날이면 나

뜻밖의
만남

는 홀로 식당에 가서 순두부찌개를 먹었다. 순두부찌개는 맛있었지만, 외로웠다. 혼자 밥을 먹는 사람은 나뿐이었다.

서점에 내 또래는 없었다. 이십 대는 내가 유일했다. 다음으로 나이가 많은 사람은 삼십대 초반의 그였다. 그는 나보다 네댓 살 정도 많았다. 어쩌면 얼결에 막내 자리를 내게 뺏기게 돼 심술이 난 건 아닐까 하는 생각이 들었다. 아무런 이유 없이 사람을 싫어한다는 건 도무지 납득할 수 없는 일이었으니까.

시간이 흘러 서점을 그만두던 날 속이 시원했다.

'이제 더 이상 저 얼굴을 보지 않아도 되겠구나.'

일을 그만두고 난 뒤 길에서 그를 두어 차례 마주친 적이 있었다. 일부러 모른 척하고 지나가려는데 그가 먼저 반갑게 인사를 걸어와서 어쩔 수 없이 인사를 했다. 내가 싫다고 했으면서 무슨 염치로 먼저 인사하는 걸까.

그나마 길에서는 빠르게 인사하고 스칠 수 있어 다행이었다. 편의점에서는 도망칠 구멍이 없었다. 많고 많은 편의점 가운데 그는 왜 하필 여길 온 걸까. 불편한 내 마음을 아는지 모르는지 그는 품에 안고 온 택배 박스를 놓고는 한참 동안 택배 접수에 몰두했다. 나는 멈추어버린 것 같은 시계만 계속 바라봤다.

24HOURS

매장에 흐르는 노래가 여러 번 다른 곡으로 바뀌었다. 그는 택배 접수를 마치고 계산대 위에 택배물과 접수 용지를 올려놓았다. 나는 기계적인 몸짓으로 택배 접수 바코드를 스캔하고는 포스기에 뜬 가격을 건조하게 읊었다. 나에게 무슨 말이라도 하고 싶었을까. 그는 나를 줄곧 처다보았지만 계산이 끝날 때까지 아무 말이 없었다.

계산을 끝내고 나는 한껏 건조한 말투로 인사를 내뱉었다.

"안녕히 가세요."

OPEN

그는 잠시 머뭇거리더니 문을 열고 나갔다.

그는 대체 무슨 말을 하고 싶었을까. 어떤 말이었을지 알 수 없지만, 한 가지 확실한 느낌은 있었다. 그는 두 번 다시 이곳에 오지 않을 것이다.

———— 편의점 알바와
군고구마 기계

시대가 변하면 편의점도 변했다. 예전 편의점은 음식과 물건을 판매하는 데에 그쳤다. 지금 편의점은 다르다. 이제는 편의점에서도 음식을 조리해서 판매한다.

몇 년 전까지만 해도 편의점에서 이처럼 다양한 일을 하는지 몰랐다. 편의점에서는 치킨을 비롯해, 찬 바람이 불면 군고구마를 굽고 호빵을 쪘다. 빵을 만들거나 어묵을 판매하는 곳도 있다. 내가 일하는 매장에서는 빵과 어묵은 하지 않아서 그나마 '다행'이었다.

매장에는 손님이 직접 내려 마시는 커피머신이 있다. 커피머신 트레이에 쌓이는 원두 찌꺼기를 하루에 두 번 정도 비웠다.

커피를 내릴 때 나오는 물을 버리고 트레이를 꼭 씻어야 했다. 씻지 않으면 고약한 냄새가 나기 때문이다.

커피가 많이 판매되는 날에는 트레이 청소를 자주 했다. 커피머신은 200잔을 판매하면 기계가 자동으로 세척하도록 되어 있다. '알약 세척 요망'이라는 글자가 머신 화면에 뜨면 세척용 알약을 기계에 넣고 세척했다. 그러지 않으면 커피 맛이 밍밍해지거나 기계가 고장 날 수도 있다.

아이스크림머신이 있는 매장도 있다. 우리 매장에는 '다행히' 없었다. 계산대 공간이 협소하지 않았다면, 아마도 사장은 모든 기계를 다 들여놓았을 테다. 애석하게도 계산대가 너무 좁아 선택과 집중 원칙에 따라 사장은 커피머신과 치킨튀김기 정도만 들여놓았다.

호빵 기계는 출입구 옆에 있었다. 군고구마 기계는 매장에 들어오면 바로 보이도록 매장 중앙에 놓였다. 겨울이 가고 봄이 오면 호빵 기계와 군고구마 기계를 본사에서 수거해 갔다.

계산만 하던 시절이 까마득하게 느껴졌다. 새로운 기계가 들어오고 내가 기능을 익힐 때면 그야말로 만능 엔터테이너가 따로 없었다.

OPEN

────── 계산대 구석에서
　　　밥 먹기

　　　　　편의점에서 일할 때 힘든 점을 딱 한 가지만 꼽는다
면 단연 식사였다. 화장실에 가는 것도 쉽지 않지만 밥 먹는 것
에는 댈 수 없다. 화장실 같은 경우에는 '큰 볼일'이 아닌 이상
몇 분 정도면 해결되기 때문에 마음 편히 매장 문을 잠글 수 있
다. 그런데 식사는 몇 분 만에 끝낼 수 없다.
　교대로 밥을 먹는 서비스업과 달리 혼자 가게를 봐야 하는
편의점 특성상 자리를 오래 비울 수 없었다. 애초에 밥을 먹기
위해 문을 잠근다는 건 불가능했다. 만약 문을 잠그더라도 손
님 눈에 띄지 않게 식사할 공간 자체가 없었다. 앉아서 밥 먹을
수 있는 공간이라고는 손님들이 이용하는 공간인 시식대, 아니

면 계산대 안에 놓인 치킨 냉동고를 테이블 삼아서 먹는 방법 뿐이었다. 내가 일한 편의점은 두 공간 모두 문밖에서 보이는 구조였다. 숨을 곳이 없었다.

손님은 언제나 예고 없이 왔다. 밥때가 되면 언제 들이닥칠지 모르는 손님 생각에 긴장 상태에 돌입했다. 손님이 덜 온다 싶어서 밥 먹으려고 햇반을 돌리고 주섬주섬 반찬을 꺼내 한 입 먹으면, 꼭 기다렸다는 듯이 손님이 들어왔다. 애석하게도 손님은 햇반이 다 식어 찬밥처럼 굳을 때까지 연달아서 계속 왔다.

마치 밀물 같았다. 밀려오는 손님을 정신없이 맞이했다. 그러다가 언제 그랬냐는 듯 매장이 텅 비면 나는 차갑게 식어버린 햇반이 된 기분이 들었다.

전자레인지에 밥을 다시 데우고 입에 떠넣었다. 계산대 구석에서 등을 동그랗게 말고 앉아 끼니를 때우는 모습은 흡사 암모나이트 같았다. 제발 10분 만 아무도 오지 마라. 한 숟가락 뜨고 바코드 찍고를 10분 만이라도 반복하지 않았으면….

내 별명 중에는 '직장인'이 있다. 소화를 너무 잘해 '장이 일직선'이라는 뜻에서 붙은 별명이다. 그런데 편의점에서 일하면

서 나는 내 '직장'을 잃어버렸다. 허겁지겁 밥을 먹다 보니 속이 자주 더부룩했다. 밥을 먹고 나서는 괜히 먹었나 하고 후회했지만 아침부터 저녁까지 10시간을 일하면서 한 끼도 안 먹을 수는 없었다.

소화불량이 잦아지다 보니 집에 베아제, 카베진, 베나치오 같은 소화제를 항상 잘 보이는 곳에 두었다. 1년에 한 번 먹을까 말까 하던 가스활명수는 어느덧 내 최애 음료가 되었다.

다른 편의점에서 물건을 구매하고는 환불해달라는
사람들이 있다.

여러 물건 가운데 담배 환불이 가장 많았다. 담배 환불 손님
은 매장에 들어와 다짜고짜 계산대에 담배를 내밀고는 반말을
했다. 이상하게도 담배 환불 손님은 거의 대부분 반말을 했다.

"이거 환불 좀 해줘."

"언제 구매하셨나요?"

"이거 저쪽 가게에서 며칠 전에 산 건데 안 필 거니까 환불
해줘."

"죄송하지만 손님, 다른 곳에서 구매하신 상품은 저희가 환

불해드릴 수가 없어요."

"왜 안 돼? 똑같은 거 팔잖아! 그냥 해주면 될 것 가지고 거 참 사람 융통성 없네. 젊은 사람이 그런 식으로 일하면 안 돼!"

각 점포마다 입고되는 물건은 모두 전산에 등록됐다. 그래서 물건이 판매될 때마다 자동으로 수량이 바뀌었다. '상품조회'에서 바코드를 스캔하면 변동된 수량을 알 수 있었다. 타 점포에서 동일한 상품을 판다고 해서 근무자가 마음대로 환불해줄 수 없는 까닭이다.

환불에는 규칙이 있다. 구입 영수증을 가져오거나, 영수증이 없을 경우 상품 구입 날짜나 시간을 확인한 뒤 처리했다.

손님들 대부분은 구입한 곳에서만 환불된다는 사실을 잘 알고 있다. 만약 환불할 물건이 있으면 며칠 내로 가져오는 경우가 많다. 반면 다른 곳에서 산 물건을 다짜고짜 환불해달라거나 1년 전에 산 과자인데 유통기한이 지나버렸다고, 봉지 과자를 한 뭉텅이 들고 와 바꿔달라고 한 사람도 있었다.

"1년 전에 여기서 샀는데 안 먹었어요. 다른 걸로 바꿔주세요."

곽에 든 과자류는 유통기한이 긴 편이지만, 봉지 과자류의

#길 끝에는 편의점

유통기한은 3~5개월이 대부분이다. 그 손님이 샀다는 과자는 유통기한이 5개월가량 지난 상태였다. 애초에 유통기한이 지난 물건을 팔았다면 당연히 환불하거나 교환할 수 있지만, 유통기한이 한참 남은 물건을 구입하고는 유통기한이 지나자 바꿔달라고 하는 건 도무지 말이 되지 않았다. 단호하게 안 된다고 말했더니, 왜 안 되는지 이유를 설명해달라고 했다. 이유를 설명했더니, 고개를 끄덕이며 듣고는 하는 말이 가관이었다.

"아 그래요? 일단 무슨 말인지는 알겠어요. 그럼 이번에만 바꿔주세요."

이제까지 내가 설명한 걸 듣기는 들은 걸까.

과자를 사 간 뒤 먹어봤는데 자신이 생각한 맛이 아니라고 바꿔달라는 손님도 있었다. 예전에 서점에서 일할 때 책을 사 간 뒤 다 읽고 와서는 "다 읽었으니 환불할게요"라고 했던 손님이 떠올랐다. 내가 할 수 있는 거라곤 안 된다는 말뿐이었다.

그 손님은 씩씩거리며 나가더니, 가게 입구에 과자를 죄다 흩뿌려놓았다. 나는 조용히 빗자루와 쓰레받기를 챙겨 흩어진 과자를 쓸어 담았다.

─────── 물품 보관소가
아닙니다

　　24시간 열려 있는 편의점. 이 때문인지 물건을 맡기는 사람이 꽤 많다. 가게 열쇠를 맡기는 사람, 서류를 맡기는 사람, 짐을 맡기는 사람, 택배를 맡기는 사람, 장 본 물건을 맡기는 사람….

　　타인의 물건을 대신 맡아준다는 점이 부담스럽기는 하지만, 내가 근무하는 시간 내에 찾아간다는 확답이 있을 경우에는 나는 '편의'를 위해 잠시 물건을 맡아주는 편이었다.

　　어느 날이었다. '물건'이 아니라 '아이'를 맡기고 가는 사람이 있었다. 그것도 맡아달라는 말도 없이. 아이만 놔두고 나가기에 지갑을 두고 와서 가지러 간 줄 알았는데, 아이 혼자 두고는 다른 일을 보러 간 거였다. 멀뚱멀뚱 서 있는 아이를 보자 기분이 이상했다.

"엄마 언제 오시니?"

"몰라요. 나중에 꼭 올 테니까 일단 여기 있으래요."

초등학교 저학년쯤 되어 보이는 아이는 그 말을 하며 배가 고픈지 배를 만졌다. 나는 아이에게 돈이 있냐고 물었다. 아이는 고개를 절레절레 흔들었다.

말도 없이 남의 가게에 아이를 홀로 두고 가는 것도 모자라서 돈도 안 주고 가다니. 아이가 배고프지 않게 뭐라도 사 먹이고 가야 할 게 아닌가. 나는 아이가 측은하게 느껴져서 먹고 싶은 과자가 있으면 하나 고르라고 했다.

"과자 하나 사줄 테니까 먹고 싶은 거 있으면 골라봐."

내 말에 아이는 머뭇거리더니 포카칩 한 봉지를 가져왔다. 내가 계산하고 과자를 내밀자 아이는 고사리 같은 손으로 과자를 받아 들었다. 여전히 머뭇거리는 모양새로. 나는 시식대로 가서 의자를 빼주며 아이에게 여기 앉아서 먹으라고 했다. 아이는 고개를 끄덕이며 작은 목소리로 "고맙습니다"라고 했다.

과자가 와그작거리며 부서지는 소리가 간헐적으로 매장 안에 울렸다. 나는 ASMR(심리적 안정을 유도하는 영상이나 소리)이라도 듣듯이 조용히 그 소리에 귀를 기울였다. 계산대에서 아이를 바라보았다. 바닥에 채 닿지 않는 아이의 발이 의자에 걸쳐진 채 앞뒤로 움직였다. 아이는 있는 듯 없는 듯 조용히 계속 자리에 앉아 있었다.

몇 시간이 흘렀을까, 아이 엄마가 다시 나타났다. 아이 엄마는 아무 말 없이 아이를 맡긴 것이나, 내가 아이에게 과자를 사 준 것에 대해서 아무 고마움을 표하지 않고 급하게 아이를 데리고 나가버렸다. 감사 인사를 굳이 받고 싶지는 않았지만, 최소한 아이를 말도 없이 두고 가서 미안하다고 사과는 했었어야 했다.

아이가 조용하고 얌전해서 다행이었다. 그렇지 않았다면 아이를 감당하기 어려워서 나는 결국 경찰서에 미아가 있다고 전화해야만 했을 테니까.

아이가 떠난 뒤 삐뚤빼뚤한 모양새로 나와 있는 의자를 테이블 밑으로 밀어 넣었다. 아이가 한참 동안 보고 있던 창밖 풍경이 무엇일지 궁금했다.

쓰레기는
쓰레기통에

뜻하지 않은 '선물'을 손님들에게 받았다. 사실 '쓰레기'를 선물이라고 말할 수는 없겠다. 내가 받은 쓰레기는 다양했다. 담뱃갑, 영수증, 과자 봉지, 테이크아웃 커피컵…. 출입문 앞에 잘 보이도록 쓰레기통을 두었지만 손님들은 선물처럼 쓰레기를 내게 주고 갔다.

"이것 좀 버려주세요."

혹시 쓰레기통 위치를 몰라서 나에게 주는 건가 싶었다. 부지런히 쓰레기통 위치를 알려주었지만 딱히 효과는 없었다.

"아, 휴지통 저기 있어요? 근데 어차피 누가 버리던지 상관없으니까, 대신 좀 버려주세요."

쓰레기를 받는 건 결코 유쾌한 일이 아니었다. 더 불쾌한 건 먹다 남은 음식물을 분리수거하지 않고 일반 쓰레기통에 버리는 경우였다. 음식물 쓰레기통이 따로 있는데도 일반 쓰레기통에서 음식물 쓰레기를 발견할 때면 저절로 한숨이 나왔다.

먹다 남은 면발과 국물이 든 라면 용기, 반쯤 베어 물고 버린 삼각김밥, 마시다 남은 음료수, 얼음이 담긴 커피 전문점 커피 컵…. 대개는 고체와 액체가 섞인 쓰레기였다.

여름에는 빨리 치우지 않으면 악취가 났다. 손님이 떠나고 나면 바로 고무장갑을 끼고 쓰레기통을 뒤적여야 했다.

쓰레기를 분류할 때면 오래전 콘도에서 주방보조 일을 할 때 음식물 쓰레기가 담긴 통을 씻던 기억이 났다. '짬통'이라는 이름으로 불리는 커다란 회색빛 음식물 쓰레기통. 짬통 뚜껑을 열면 온갖 음식이 뒤섞인 냄새가 코를 찔렀다. 떠올리고 싶지 않은 기억은 냄새와 함께 되살아나곤 했다.

나는 얼른 정리하고 쓰레기통을 닫았다. 쓰레기통에서는 더 이상 냄새가 나지 않았지만, 고무장갑에서 지독한 냄새가 계속 났다. 세제를 잔뜩 뿌려 고무장갑을 씻었지만 냄새가 도무지 가시지 않았다.

OPEN

　　정산금을 매일 무통장 입금한 지 2주 만이었다. 드디어 본사 직원이 도장이 찍힌 조그마한 종이를 가져다주었다. 종이를 건네받자마자 기쁨이 몰려왔다. 수기로 금액, 계좌번호, 날짜를 일일이 기입해야 하는 수고를 이제는 할 필요가 없었다. 나는 아주 조심스럽게 도장이 찍힌 종이를 들고 은행으로 향했다. 오늘부터는 무통장 입금을 하지 않아도 됐다. 이 조그마한 종이로 새 통장을 발급받을 수 있었다.

　　은행에서 통장을 발급받을 때는 도장이 필요하다. 그런데 편의점에서는 조금 다른 형태의 도장이 사용됐다. 통장 앞면 도장 찍는 부분에 딱 붙일 수 있는 크기로 만들어진 종이를 은행에 가져가서 통장을 만들었다. 예금주가 편의점 본사이기 때문에 수많은 체인점이 실물 도장을 공유할 수 없어서 이렇게 하는 듯했다.

나는 편의점 길 건너편에 있는 농협에서 통장을 새로 발급받았다. 그 통장에 정산금을 입금했다. 정산금은 매일 금고에 입금된 금액에 따라 달랐다.

포스기는 현금 총합이 20만 원이 넘을 때면 자동으로 'POS기 현금시재가 200,000원 이상입니다. 금고에 입금하십시오'라는 문구가 떴다. 그러면 근무자들은 포스기에 있는 현금을 확인하고 상황에 맞게 입금했다. 이때, 문구가 뜬다고 해서 무작정 다 입금해버리면 안 된다.

카드로 계산하는 손님이 대부분이지만 현금으로 계산하는 손님도 적지 않았다. 특히 내가 일한 편의점은 학교와 학원가 주변에 있기 때문에 아이들은 주로 현금으로 계산했다.

아이들은 주로 천 원부터 만 원 단위 현금을 많이 냈다. 어른들도 현금으로 계산하는 경우가 꽤 있다. 어른들은 오만 원권을 많이 내는지라 만 원권 거스름돈이 필요했다. 그래서 입금하기 전에는 만 원 짜리를 최소 열 장에서 열다섯 장 정도 남겨

#길 끝에는 편의점

두어야 했다.

입금할 때는 먼저 포스기의 '금고입금' 버튼을 누른다. 입금할 금액을 입력하고 '등록' 버튼을 누르면 띠— 하는 짧고 굵은 소리와 함께 입력한 입금액과 현재 시간과 날짜가 적힌 영수증이 발행됐다. 포스기 밑에 있는 서랍에서 은행용 비닐봉투를 꺼내 영수증을 입금액과 함께 차곡차곡 넣었다. 그런 뒤 서랍 옆에 있는 금고에 넣으면 끝.

간혹 금액이 많거나 적게 입금될 때도 있었다. 그래서 넣기 전에 꼭 금액을 한 번 더 확인했다. 하루 동안 모아진 입금액은 다음 날 오전 출근해 금액을 일일이 더해서 사장에게 정산 금액 확인 요청 메시지를 보냈다. 정산 금액을 확인한 사장이 "정산금액 맞다"라는 답장을 보내오면 그제야 나는 안심하며 은행에 갔다.

종종 나는 금고를 열면서 집에서 오래 모아온 돼지저금통의 배를 가를 때를 떠올렸다. 월요일에 금고를 열 때면 주말 동안 모인 헌금을 확인하기 위해 헌금함을 여는 듯했다. 아침 일찍 투표하고 출근한 날에는 개표함을 여는 것 같았다.

카페에서 매일 내리는 '오늘의 커피'처럼 나는 매일 '오늘의

매일 나는
은행에 간다

71

입금'으로 통장에 숫자가 까맣게 찍히는 걸 확인했다. 다음 날
이 되면 전날 내가 입금한 금액을 본사에서 인출해 가서 잔액
이 '0'이 되었다. 나는 '0'을 없애려고 다시 입금했다.

그들이 가져간 '0'은 월급날이 되면 '정산금'이라는 이름으
로 점포에 내려왔다. 정산금은 월급으로 알바생 모두에게 촘촘
히 분배되었다.

#길 끝에는 편의점

편의점에서는 매달 말일마다 '쇼카드'라 불리는
'2+1', '1+1'이 적힌 행사표를 교체하는 작업을 한다. 그달의
마지막 날이 30일이면, 30일 밤에 쇼카드를 교체하고 31일이
면 31일 밤에 쇼카드를 교체한다.

쇼카드 교체는 야간 근무자의 몫이지만, 말일이 되면 맥주
코너의 쇼카드를 교체하고 매대에 꽂힌 쇼카드를 오후에 주루
룩 전부 다 뽑는다. 야간에 근무하는 범이 아저씨가 행사가 끝
난 쇼카드를 섬세하게 다 뽑지 못하고 그대로 두는 경우가 꽤
많이 있기 때문이다. 쇼카드 교체일이 주말이라면 쇼카드 작업
을 돕지 않아도 됐을 텐데, 말일은 평일인 경우가 많았다.

맥주 코너 쇼카드 교체는 행사가 거의 매달 변동 없이 비슷하게 진행됐다. 그래서 으레 나는 범이 아저씨 대신 맥주 코너 쇼카드를 교체했다.

일이 익숙해진 뒤에는 물건 가짓수가 적게 느껴졌지만, 쇼카드를 뽑다 보면 매장에 진열된 상품이 많다는 사실을 새삼 느꼈다.

'그래, 여기는 수천 가지 물건이 있는 곳이었지.'

유제품 코너, 과자 코너, 냉동 코너, 음료 코너, 아이스크림 코너, 잡화 코너 등 매달 다른 행사가 저마다 자리에서 새로운 행사로 손님을 기다렸다.

쇼카드를 뽑고 또 뽑고, 마치 잡초를 뽑듯이 반복적인 작업을 한참 하고 나면 매대에는 어느새 상품 가격표만 남았다. 남은 일은 야간 근무자가 쇼카드를 새로 꽂는 작업뿐이었다.

범이 아저씨는 열심히 쇼카드를 꽂았다. 하지만 아저씨는 음료 코너나 과자 코너에 있는 상품 용량을 헷갈려서 쇼카드를 잘못 꽂는 일이 잦았다.

말일 다음 날이면 나는 꽂히지 않은 쇼카드를 뒤적이며 매장을 한 바퀴 돌았다. 범이 아저씨가 이름만 보고 똑같다고 생각해서 꽂은 건지는 몰라도, 용량이 다른 제품의 쇼카드가 꽂힌 일이 비일비재했다. 그래서 꼭 살펴야 했다. 손님에게 사과해야 할 경우가 종종 생겼기 때문이다.

"아니, 행사 상품도 아닌데 꽂아놓으면 어떡해요. 행사 상품인 줄 알고 골라왔잖아요."

핀잔하는 손님에게 죄송하다는 말과 함께 상품명이 같아서 착각한 모양이라고, 앞으로는 더 신경 쓰겠다고 고개를 숙였다. 손님은 다음부터는 조심해달라는 말을 남기고 나갔다. 그러고 나면 나는 미처 살피지 못한 또 다른 쇼카드가 있는지 매장을 돌았다.

OPEN

대목과
편의점의 시간

어느 업종이든 '대목'이 있다. 매출이 평소보다 훨씬 많은 날을 대목이라 부른다면, 편의점 대목은 '명절'과 온갖 '데이'다.

사실 데이 때는 생각보다 바쁘지 않다. 당일에만 반짝 바쁘다. 진열해놓은 행사 상품이 판매되고 나면 다시 진열대를 채워놓는 것도 아닌 데다 상품이 빨리 소진되면 바쁜 시간도 줄어들었다.

1년 가운데 데이라는 이름이 붙은 기념일은 꽤 많다. 편의점에서 주로 챙기는 데이는 2월 14일 발렌타인데이, 3월 14일 화이트데이, 5월 8일 어버이날, 11월 11일 빼빼로데이 정도다.

데이가 일주일 앞으로 가까워지면 출입문 옆에 행사 매대를 설치하고 상품을 진열했다. 'OFC'라고 불리는 본사 직원이 내려와서 상품을 어떻게 진열할지 자리를 정해 하나씩 종류별로 진열했다.

내 역할은 진열할 상품을 함께 옮기고 상품에 가격표를 꽂는 일이었다. 행사가 끝나면 반품 기간이 적힌 공문이 점포로 내려왔다. 나는 팔리지 않은 상품을 반품하는 일도 도왔다.

보통은 행사가 끝나고 나면 남은 상품을 정리해 창고에 가져다 놓고 반품 날을 기다렸지만, 화이트데이는 발렌타인데이와 한 달 간격이고 상품도 겹쳐 따로 반품하지 않았다. 남은 상품에 새 상품을 더해 판매했다.

명절이 다가오면 명절 선물세트를 행사 매대에 진열했다. 선물세트는 가장 잘 보이는 위치에 진열되지만 정작 판매 1위는 선물세트가 아니었다. 1위는 담배였다. 명절이 아니더라도 항상 담배가 판매량 1위지만, 명절이 되면 보루 단위로 사는 손님이 많아 매출이 더 늘었다.

다음으로는 술이었다. 용돈을 넣을 규격봉투도 많이 나갔다. 활명수와 소화제 같은 상비약도 약국이 문을 열지 않아 불티

나게 팔렸다. 아이들이 용돈을 받고 난 직후에는 문화상품권과 기프트카드도 많이 나갔다. 데이 때는 진열된 행사 상품 위주로 나간다면, 명절에는 평소에 잘 나가지 않는 잡화까지 골고루 나갔다. '빨간 날'이 되면 가게 대부분이 문을 닫았지만 편의점은 열려 있어서 그런 듯했다.

연휴 기간에 매출이 오르면 점포 입장에서는 기쁘고 축하할 일이다. 그런데 근무자 입장에서는 악몽 같다. 남들 다 쉬는 명절에 일하는 것도 우울한데 일은 배로 고되니까. 손님도 물건도 평소보다 몇 배나 많다.

어느 날은 얼음컵 여섯 상자, 아이스크림 여덟 상자, 햄버거·샌드위치·삼각김밥·도시락이 든 트레이 한 상자까지 정리하고 나니 발바닥에 불이 붙은 느낌이었다. 냉동고에 얼음컵과 아이스크림 대신 내 발바닥이 들어가야 하는 게 아닌가 싶었다. 야간에도 분명 과자, 음료, 담배가 많이 들어올 테니 범이 아저씨도 나 못지않게 힘들겠지….

연휴에는 은행도 쉰다. 정산금 입금과 잔돈 교환을 당일에 하지 못하기에 미리 준비해놓아야 했다. 그 많던 잔돈이 다 어디로 갔을까 싶을 정도로 사라지기 때문이다. 연휴가 끝나면

은행에 바로 달려가 입금할 수 있게 정산
금을 날짜별로 차곡차곡 정리해두었다.

계산대 구석에 앉아 면이 불어 볶음면처럼 보이는 컵라면을
먹었다. 연휴 때는 시간이 빨리 간다는데 편의점의 시간은 더
디게만 흘렀다.

OPEN

편의점에서 일하며 관찰한 결과 편의점에는 계절이 여름과 겨울만 있었다.

5월부터는 낮 기온이 여름에 맞먹을 정도로 뜨거워서 사람들이 반팔티를 입고 다녔다. 그때부터 편의점 여름이 시작됐다. 10월 중순까지는 날씨가 계속 덥기 때문에 아이스크림, 시원한 음료, 얼음컵이 입고되기가 무섭게 팔렸다. 회전율이 빠른 덕분에 물류차가 올 때면 내 키보다 높이 아이스크림과 얼음컵 박스가 쌓였다. 나는 테트리스 블록을 없애듯 아이스크림과 얼음컵을 차곡차곡 냉동고에 정리했다.

여름에는 냉동 제품을 정리하는 게 주된 임무라면, 겨울에는 조금 다르다. 찬 바람이 불어오는 10월 중순부터 이듬해 4월까지는 낮에도 밤에도 춥기 때문에 따뜻한 상품을 찾는 손님이 많았다. 매장에는 본사에서 내려보낸 호빵 기계와 군고구마 기계가 설치됐다.

온장고도 가동해야 한다. 유난히 무더웠던 어느 해에는 여름 동안 온장고를 아예 사용하지 않아서, 온장고 군데군데 먼지가 잔뜩 끼기도 했다. 한참을 행주로 먼지를 닦고 털어냈다. 이윽고 깔끔해진 온장고에 냉장창고에서 꺼내온 캔커피, 쌍화탕, 유자 음료를 종류별로 세 개씩 넣었다. 빛이 바랜 이름표 대신 새 이름표를 끼우고 전원 코드를 꽂았다. 부우웅- 하고 소리를 내면서 온장고가 돌아갔다.

가게마다 온장고에 물건을 채우는 법이 조금씩 달랐다. P동과 S동 편의점에서 일할 때는 계절에 상관없이 항상 음료를 꽉꽉 채워 넣었다. 그만큼 온장고 음료가 잘 나가서 진열기한을 신경 쓰지 않아도 되었기 때문이다.

편의점에 진열된 모든 상품에는 진열기한이 있다. 보통 진열기한은 유통기한을 의미한다. 유통기한이 지나면 물건을 폐기했다. 온장고 진열기한은 보통 2주 정도다. 지금 일하는 편의점에서는 일부러 회전율을 맞추기 위해 온장고에 음료를 세 개씩만 채워 넣었다. 물건을 적게 채워 넣으면 물건이 팔릴 때마다 비어 있는 티가 많이 나서 물건을 수시로 채워야 했다. 알바생 입장에서는 번거롭지만, 오래된 음료가 없다는 점에서 손님에게는 좋을 듯했다.

온장고를 채우고 나면 온장고 옆에 새로 설치된 호빵 기계 전원을 켰다. 단팥호빵, 야채호빵, 피자호빵을 종류별로 넣은 뒤 기계에 '물 넣는 곳'이라고 적힌 곳에 물을 채웠다. 이때 반 이상 넉넉히 채워야 기계에서 '음악 소리'가 나오지 않는다. 다른 기계와 달리 호빵 기계는 물이 부족하면 띠띠-띠-띠 소리가 났다. 마치 휴게소에서 파는 장난감 멜로디 같았다. 전원을 끄지 않는 이상 이 소리가 계속 흘러나오기 때문에 물이 부족하지 않게 수시로 신경 써야 했다.

군고구마 기계는 물을 넣지 않아서 상대적으로 편했다. 군고구마 기계는 2단 구조로 되어 있다. 윗단에는 구워진 고구마의 온기를 유지하며 진열하는 맥반석이 깔렸다. 아랫단은 서랍처럼 생겼다.

서랍을 열고 고구마를 넣고 구웠다. 자동으로 구워지면 좋겠지만 수동이라 버튼을 눌러서 조작했다. 서랍 밑에는 ①부터 ④까지 번호가 새겨진 버튼이 있다. ①이 군고구마를 굽는 모드다. ②와 ③은 군밤류인데 잘 팔리지 않아서 거의 쓰지 않았다. ④는 보온이다. 고구마가 구워지고 나면 삐 소리와 함께 알림음이 울린다. 그러면 고구마를 꺼내어 맥반석 위에 올리고 ④를 눌러 보온 상태로 보관했다.

매장 입구에 위치한 호빵 기계에서 호빵이 데워지면 김이 모락모락 피어올랐다. 매장 안에 있는 군고구마 기계에서는 달콤 쌉싸름한 탄내가 코끝을 감쌌다. 비로소 겨울이 왔다.

OPEN

커피·유제품·즉석식품·삼각김밥을 진열한 오픈 쇼 케이스 냉장고 매대는 엄청난 열기를 뿜어냈다. 만약 여름에 에어컨을 틀지 않으면 매장은 그야말로 찜통일 것이다. 정반대 로 겨울에는 매대 냉기 탓에 매장 전체에 싸늘한 기운이 감돌 았다.

계산대에는 여름에는 선풍기, 겨울에는 온풍기가 한쪽 구석 에 놓여 있었다. 전기세를 아끼자는 사장의 방침상, 여름이라 고 해서 24시간 내내 에어컨을 돌리지는 않았기에 선풍기가 꼭 필요했다. 에어컨을 꺼둔 시간에 일하다 보면 내 몸이 아이 스크림처럼 땅으로 줄줄 녹아내리는 듯했다.

겨울에는 달랐다. 오롯이 온풍기에 의지해 체온을 유지해야 했다. 히터는 틀 수 없었다. 히터에서 나오는 따뜻한 바람 때문에 초콜릿, 에너지바, 젤리가 녹을 수 있으니까. 그래서 한겨울에는 계산대를 벗어나면 냉기가 온몸에 스몄다. 옷을 두껍게 입어도 별 소용이 없었다. 문이 없는 냉장고에 둘러싸여 오랜 시간 냉기에 노출되면 춥지 않을 방도가 없었다.

"여기는 안이 더 덥네. 시원할 줄 알았는데."

에어컨을 꺼둔 시간에 매장에 들어온 손님들은 한마디씩 했다. 맞는 말이라 마음속으로 동감을 보냈다. 아무튼 실내라고 해서 무조건 시원하거나 따뜻한 게 아니라는 걸 깨달았다.

물류차가 들어오면 에어컨을 켰다. 한여름에는 들어온 물건을 정리하면 자동으로 땀이 났다. 에어컨에서는 처음에는 따뜻한 바람이 나오다가 서서히 차가운 바람이 나왔다. 에어컨 주변이 가장 시원해서 물건이 녹지 않게 에어컨 아래에 두고 정리를 했다.

한참 정리하고 나면 이마에 땀방울이 맺혔다. 하지만 이제 에어컨을 꺼야 했다. 에어컨을 오래 돌리면 사장이 화를 낼 테니까. 에어컨을 끄고 냉장창고에 들어갔다. 들어간 김에 팔린 음료를 다시 채웠다.

　냉장창고를 수시로 들락거리던 더운 계절이 지나가면, 어느
새 겨울이었다. 수능을 앞두고 맹렬한 추위가 달려왔다. 유니
폼 조끼에 붙은 호주머니에 핫팩을 넣고 집에서 챙겨온 도라지
생강차 티백을 타서 계산대 한쪽에 올려두었다. 그리고 온풍기
를 틀었다. 온풍기는 굳은 몸을 풀듯 지잉- 소리를 내며 열기
를 내보냈다.

　"어우, 추워!"

　문을 열고 들어온 손님에게서 겨울 냄새가 났다. 연신 춥다
고 말하며 따뜻한 원두커피를 사서 급하게 나가는 손님 등 뒤
로 닫히지 않은 출입문이 겨울바람을 들여보냈다. 재빨리 출입
문을 닫고 온풍기 앞에 돌아와 섰다. 낡은 온풍기가 올겨울도
잘 버텨주기를 바라면서 괜히 주머니 속 핫팩을 만지작거렸다.

10여 년 전 제주도에 1년간 머물렀다. 동쪽 바다 앞에 위치한 게스트하우스에 장기 투숙을 했다. 게스트하우스에는 나 말고도 꽤 오래 머무르던 사람이 여럿 있었다. 그네들은 마치 자기 집처럼 게스트하우스를 이용했다. 나 또한 별반 다르지 않았다. 며칠 만에 그곳을 '집'이라고 부르며 안식처 삼아 하루하루를 보냈다.

나는 그곳에서 겨울과 여름, 두 계절을 보냈다. 게스트하우스에는 기름보일러도 가스보일러도 아닌 나무 땔감을 넣는 화목보일러가 있었다. 불이 꺼지지 않게 수시로 땔감을 넣어야 하고, 너무 불이 세면 주변 공기가 뜨거워지기 때문에 수시로 땔감 양을 조절해야 해서 정말 손이 많이 갔다.

그래도 나는 화목보일러가 좋았다. 고구마를 구울 수 있었으니까. 고구마가 먹고 싶은 누군가가 양팔 가득 고구마를 들고 오면, 다들 기다렸다는 듯이 고구마에 포일을 씌웠다. 포일에 싼 고구마는 곧장 화목보일러 화구에 들어갔다. 잠시 시간이 지나면 고구마가 구워지면서 고소하면서도 달달한 냄새가 풍겼다. 자던 사람도 벌떡 일어나게 할 정도였다.

"나도 고구마!"

막 체크인한 사람도, 머물러 있던 사람도 군고구마를 손에 드는 순간 모두 같은 표정을 지었다. 너무 맛있어서 눈이 동그래지던 모습들.

화목보일러에 노릇노릇하게 구운 고구마는 겨울이면 길가에서 귀를 덮는 방한모를 쓰고 군밤과 군고구마를 파는 아저씨에게서 산 것과 맛이 같았다. 웃풍 탓에 게스트하우스 안으로 새어 들어온 제주의 겨울 바닷바람은 차가웠지만, 손에 든 군고구마는 추위를 잊게 해주었다.

어느 늦은 밤, 끝나지 않을 것 같은 술자리에서 안주가 떨어진 적이 있었다. 술이 꽤 많이 남은 터라 다들 어떡해야 하나

입맛만 다실 때였다. 마침 나는 고구마가 있다는 사실을 기억해냈다.

밤늦게까지 배달이 되는 육지와 달리 제주는 시내나 읍내를 벗어나면 깡촌 그 자체였다. 배달 불가 지역에 산다는 것은 이럴 때 참 불편했다. 배달이 된다 해도 두 배 이상을 주문해야 했기 때문에 부담스러웠다. 해가 지면 동네 슈퍼도 문을 닫았고, 편의점은 차를 타고 나가야만 했다. 그런 상황에서 고구마는 일종의 구원과도 같았다. 우리는 신이 나서 화목보일러에 고구마를 넣었다.

화목보일러에 데지 않게 장갑을 끼고 한 손에는 집게를 들고서 고구마를 꺼내면 안주의 등장을 반기는 이들이 박수를 쳤다. 포일을 조심조심 벗기고 바스락거리는 고구마 껍질까지 벗기고 나면 나타나는 꿀처럼 샛노란 고구마 속살. 모락모락 올라오는 뜨거운 김을 후후 불어가며 고구마를 살짝 베어 물고 막걸리를 마시면, 천국이 멀리 있지 않았다.

당일 만든 막걸리를 곁들이면 금상첨화였다. 갓 빚은 막걸리는 우유처럼 부드러운 맛이 났다. 막걸리를 한잔 쭉 들이켜고 고구마를 먹으면 "인생 뭐 있나"라는 말이 절로 튀어나왔다.

달콤한 고구마 같은 밤이었다.

바로 그때 매장 안에 삐- 소리가 울렸다. 고구마가 다 구워
졌다. 고구마를 꺼내 올려놓은 맥반석 위에는 그 겨울 제주의
기억이 놓여 있었다.

#편의점 사람들

OPEN

E동 편의점에는 내가 일하기 5년 전에도 범이 아저씨가 있었다. 사장 말에 따르면 이 점포를 인수하기 전 다른 브랜드 편의점이었을 때도 범이 아저씨가 있었다고 했다. 가게를 인수하면서 새로 근무자를 구하는 일이 상당히 번거로웠기에 범이 아저씨는 자연스럽게 지금 편의점에서도 일할 수 있었다. 사장이 바뀌고 인테리어와 간판, 물건이 바뀌어도 유일하게 범이 아저씨만은 그대로였다.

범이 아저씨는 투박하지만 동글동글한 얼굴에 키가 작았다. 나와 눈높이가 별로 차이가 나지 않는 걸로 봐서 160센티 초반 정도인 듯했다. 작은 키 때문에 손님들은 종종 '야간에 일하는 키 작은 아저씨'라고 범이 아저씨를 불렀다.

여름이면 범이 아저씨는 유니폼과 비슷하게 생긴 네이비색 조끼를 출퇴근 때마다 걸치고 다녔다. 가끔 나는 범이 아저씨가 유니폼을 입고 출퇴근하는 건가 싶어, 유니폼은 벗어두고 가야 한다고 말했다. 그때마다 범이 아저씨는 느긋한 표정으로 허허 웃었다. 겨울에는 두꺼운 군용 점퍼를 입었고 검은색 귀도리를 했다. 그 모습이 마치 군밤 장수처럼 보였다.

범이 아저씨는 시내버스를 타고 출퇴근했다. 예전에는 오토바이를 타고 다녀서 문밖에서 오토바이 소리가 들리면 범이 아저씨가 도착했음을 알았다. 아저씨의 오토바이 소리는 나에게 퇴근을 알리는 알람 같았다.

어느 날부터 범이 아저씨는 오토바이를 타고 오지 않았다. 그 이유가 궁금했지만 교대할 때면 시재점검을 하느라 물어보는 걸 매번 까먹었다. 그러던 어느 날 그 이유를 물었다.

오토바이 기름값보다 버스비가 훨씬 저렴해서 이제는 오토바이를 가까운 거리에 갈 때만 탄다고 범이 아저씨가 말했다. 범이 아저씨가 사는 동네는 버스로 30분 정도 걸렸다. 버스로 그 정도였으니 오토바이로는 더 많이 걸리지 않았을까 싶다.

내 출근길도 범이 아저씨처럼 편도로 30분가량 걸렸다. 다만 나는 걸어 다니는 까닭에 버스비가 들지 않았고, 범이 아저씨는 걷기에는 거리가 너무 멀었다.

범이 아저씨가 타는 오토바이는 중국집에서 흔히 쓰는 배달 오토바이와 똑같았다. 몸체가 빨간색이고 안장 밑에 '대림'이라는 오토바이 회사 이름이 박혔다. 안장 뒤에는 '철가방'을 실을 수 있는 판도 달렸다. 그래서 나는 범이 아저씨가 중국집에서 일했을 거라고 추측했다. 역시 그 예상은 틀리지 않았다.

범이 아저씨는 27년간 중국집에서 배달 일을 했는데, 언제부턴가 몸이 좋지 않아 철가방을 들고 계단을 오르내릴 수 없

었다. 계단을 한번 오르내릴 때마다 숨이 많이 가빴다. 계단 탓인지, 아니면 철가방 무게 탓인지는 모르겠으나 범이 아저씨는 쓰러지고 말았다. 결국 며칠간 병원 신세를 져야 했다. 몸이 회복된 뒤에는 마냥 놀고 있을 수 없어 일자리를 찾다 보니 편의점에 오게 됐다고 했다.

범이 아저씨의 얼굴에 고단함이 묻어났다. 나는 범이 아저씨의 이야기를 들으며, 우리가 다른 삶을 살아왔지만 닮은 구석이 있다는 생각이 들었다. 매일 빠지지 않고 일을 나오는 나처럼, 범이 아저씨 또한 그랬다. 범이 아저씨의 성실함은 27년간의 중국집 생활로도 이미 증명된 것이나 마찬가지였다. 그래서일까, 범이 아저씨와 교대할 때면 마음이 편했다. 혹시나 말없이 잠수 타고 나오지 않을까 걱정할 필요가 없었으니까.

더 많은 시간이 흐르고 나중에 이곳에 내가 없더라도 범이 아저씨는 계속 자리를 지키고 있을 것 같았다. 특유의 느긋한 미소를 지으면서.

이제까지 수십 명의 알바에게 일을 가르쳤다. 이상하게도 다들 그만둘 때마다 짜기라도 한 듯이 인수인계를 제대로 한 적이 손에 꼽을 정도였다. 포스기 사용법을 비롯해 편의점 업무 전반을 신입에게 가르치는 건 항상 내 몫이었다.

내가 그만두는 게 아니어서 인수인계하기 싫었지만 사장이 반강제적으로 나에게 떠넘기는 터라 어쩔 도리가 없었다. 조금이라도 불편한 기색을 내비치면 사장은 협박하듯 인상을 쓰며 말했다.

"일하기 싫니?"

처음으로 새 알바에게 일을 가르쳐주었을 때였다. 비록 일로 만난 사이였지만, 새로운 사람을 만나는 게 흥미로웠다. 나는 내가 알고 있는 편의점 노하우를 모두 나누고 싶었다. 혹시나 목이 마르지 않을까 싶어 음료수도 사서 먹이며 일을 가르쳤다. 손님이 없을 때는 가볍게 잡담하면서 친근하게 대했다.

그런데 나중에는 그렇게 하지 않았다. 딱 포스기 사용법과 물건 위치 정도만 알려줬다. 물론 음료수도 사 주지 않았다. 가벼운 잡담 또한 하지 않았을뿐더러 상대에 대해 아무것도 묻지 않았다. 이름조차도. 어차피 또 금방 그만둘 것이고, 내가 또 새로 가르쳐야 할 테니까.

마치 알고리즘처럼 딱딱 정해진 매뉴얼대로만 움직이는 내 모습이 가끔은 기계적으로 느껴졌다. 하지만 잠시 스치고 말 사이라면 차라리 그 편이 나았다. 내가 아무것도 묻지 않으면 상대도 나에게 아무것도 묻지 않았다.

내가 사람에 대해 무관심하거나 그런 건 아니다. 나는 사람에 대한 호기심이 무척이나 많다. 어디론가 여행을 갈 때면 모르는 사람과 친해져 일정을 같이하는 경우도 많다. 각자 일상으로 돌아가서도 내가 계속 연락할 정도다. 다만 일할 때만은 예외가 되어버렸다. 상처받지 않으려면 무미건조한 편이 차라리 나았다.

S동에서 일할 때 친했던 알바가 있다. 그 친구와의 마지막도 별반 다르지 않았다. 연락도 없이 갑자기 '잠수'를 타고 나오지 않았으니까. 새로운 사람을 구하기 전에는 내가 그 친구의 몫까지 초과로 일해야 했다. 너무 버거운 시간이었다. 근무도 고단했지만 그 친구와 정이 들었기 때문에 배신감이 더 컸다.

"시급이 7000원이라도 되면 모르겠는데, 여기는 너무 짜고 일만 많이 시켜요. 언니도 빨리 다른 데 알아보시는 게 좋을 거예요. 여긴 오래 있을 곳은 아닌 것 같아요. 용돈벌이로 잠시 있는 거면 몰라도."

함께 일할 때 그 친구가 했던 말이 떠올랐다. "용돈벌이." 그 말이 무언의 암시였다는 생각이 들었다. 그렇다고 해서 일방적으로 잠수 타고 나오지 않은 게 정당화되는 건 아니다. 빈자리의 몫은 남겨진 사람이 메워야 하니까. 그리고 나에게는 용돈벌이가 아닌 '생계'니까.

그 친구는 그곳에서 3개월을 일했고 나는 5개월을 일했다. 사실 나도 당장 그만두고 싶었지만, 알바 공고가 거의 나오지 않을 정도로 어려운 시기였다. 십여 군데 편의점에 이력서를 넣고 면접을 본 끝에 얻은 자리였던지라 시급이 낮아도 참고 일했다.

    아무튼 그렇게 그 친구가 떠나고, 나는 결심했다. 이제는 누구에게도 이름을 묻지 않겠다고. 그들에게는 버스정류장 같을 공간에서 나는 정류장 의자처럼 계속 붙박여 있었다.

#편의점 사람들

OPEN

편의점에서 오래 일하다 보니 자주 오는 손님들과
꽤 친해졌다. 그중 가장 기억에 남는 손님이 있다. '짱구네'다.
짱구는 강아지 이름인데, 할머니 할아버지의 자식 같은 존재
다. 짱구는 털이 갈색인 소형견이지만 생각보다는 크다. 얼굴
은 시바견과 아키타견을 반반씩 닮았다.

짱구 할아버지는 겨울을 제외하고는 매일 챙이 동그란 밀짚
모자를 쓰고 가게에 왔다. 할머니는 스트라이프 무늬를 좋아하
는지 색만 다른 스트라이프 티셔츠를 자주 입었다.

할아버지와 할머니는 항상 짱구를 데리고 편의점에 왔다. 짱
구는 하루에 한두 번 정도 우리 편의점에 왔다. 할아버지의 품

에 안겨서 오거나 할머니 품에 안겨서 오거나.

매일같이 봐서 그런지 짱구는 나와 눈이 마주치면 반갑게 꼬리를 흔들며 손을 내밀었다. 할아버지와 할머니는 그런 짱구에게 제대로 인사하라며 장난 섞인 타박을 했지만, 인간의 언어를 할 줄 모르는 짱구는 그저 꼬리 흔들기로 대답을 대신할 뿐이었다.

한번은 매일 오는 짱구네 할머니가 붕어빵 한 봉지를 나에게 주고 가셨다. 길가에서 파는 붕어빵을 보니 내 생각이 나서 주고 싶어서 일부러 사 왔다고 했다. 할머니가 주고 간 붕어빵 봉지에는 슈크림붕어빵 세 개와 팥붕어빵 두 개가 담겨 있었다. 한 종류로 통일해도 됐을 텐데, 내가 뭘 좋아하는지 모르니 일부러 섞어 산 듯했다. 연이어 손님이 몰린 터라 끼니를 놓친 참이어서 붕어빵이 더 반가웠다. 따뜻한 김이 모락모락 올라오는 붕어빵을 한 입 베어 물으니 오늘 하루가 꽤 괜찮은 날이라는 생각이 들었다.

사실 짱구네가 나에게 무언가를 준 건 그때가 처음이 아니었다. 어느 날은 단단히 체해서 얼굴이 하얗게 질린 상태로 일하는 내 모습을 보고는, 짱구네 할아버지가 직접 한의원에 가

#편의점 사람들

서 지은 약이라며 소화제가 든 통을 주고 간 적도 있었다. 활명
수나 상비약으로 판매하는 소화제를 먹어도 체기가 내려가지
않아서 고통스러웠는데, 무척 고마웠다.

내가 그분들에게 표할 수 있는 고마움이라곤 조금 더 친절
하게 대하는 것뿐이었다. 짱구가 나를 보고 꼬리를 흔들 듯이
나도 꼬리만 있다면 함께 흔들었을 것이다.

무언가를 건네받지 않아도 어느 순간부터 그분들이 올 때면
그 자체가 나에게 에너지가 되었다. 짱구네가 다녀가고 나면
세상에는 이상한 사람이 많지만 좋은 사람도 많다며, 나 자신
을 다독였다. 일하는 동안 그분들과 계속 마주치고 싶었다.

문화상품권과
보이스피싱

편의점에 보이스피싱 사기를 치려는 이들은 대부분 편의점 매장 전화번호로 전화를 걸어왔다. 구글 기프트카드 회사 직원인 척하며 기프트카드 결제를 유도했다. 문화상품권도 마찬가지였다. 이런 뻔한 수법에 속는 사람이 있을까 싶었는데, 놀랍게도 우리 편의점에 있었다.

주말을 보내고 월요일에 출근했더니 매장이 발칵 뒤집혀 있었다. 주말 알바가 도합 25만 원치의 구글 기프트카드와 문화상품권을 보이스피싱범에게 사기당한 것이다. 그나마 구글 기프트카드만 25만 원가량 결제되었고, 문화상품권은 긁기만 하고 결제되지는 않아 다행이었다. 물론 핀 번호가 고스란히 노출된 상품권을 판매할 수는 없어 매장 측에서 처리해야 했다.

관행적으로는 주말 알바가 한 실수이니 본인이 직접 처리하고 배상해야 했다. 웬일인지 사장은 주말 알바에게 일단 결제된 금액만 배상하고, 나머지는 매장에서 해결해보고 안 되면 그때 배상하라고 했다.

사장은 나에게 문화상품권을 회수하는 일을 맡겼는데, 수십만 원어치 상품권을 어떻게 처리해야 할지 앞이 막막했다. 방법도 모르는데 어떻게 해야 하나 싶어서 사장에게 물었더니 자신도 잘 모른다며, 본사 직원이 매장에 오면 처리하는 방법을 가르쳐줄 거라고 했다.

본사 직원이 알려준 방법은 이렇다. 손님들이 5000원 또는 1만 원을 현금으로 낼 때, 그 금액을 '상품권 결제'로 바꾼 뒤 '종이상품권'을 누른 다음 상품권 번호를 입력해서 결제한다. 결제가 끝나면 포스기 아래쪽에 있는 '수불관리' 메뉴에서 '종이문화상품권회수처리'를 눌러 핀 번호를 입력하고 회수처리를 따로 한다.

생각보다는 어렵지 않았지만, 해보지 않은 일이라 계속 헷갈렸다. 게다가 금액에 맞춰서 정확히 현금으로 결제하는 손님이

문화상품권과
보이스피싱

105

생각보다 드물었다. 상품권 몇십 장을 완전히 처리하기까지는 꽤 오랜 시간이 걸릴 듯했다.

왜 사고는 주말에 치고 수습은 평일에 내가 해야 할까. 보이스피싱범이 눈앞에 있다면 멱살이라도 잡고 싶었다.

몇 달간 고생한 끝에 상품권 회수를 끝냈다. 나는 두 번 다시 보이스피싱 전화가 울리지 않길 바라며 매장 전화선을 뽑아버렸다. 그런데 또 다른 문제가 있었다. 손님들이 보이스피싱에 홀랑 속아서 결제하려는 경우였다.

한번은 몸이 불편한 손님이 와서 딸이 부탁해서 이걸 사야 하는데 어떤 거냐며 대뜸 휴대폰을 내밀었다. 뭔가 싶어서 휴대폰을 봤더니 구글 기프트카드 사기 문자였다. 손님이 보내준 화면에는 이렇게 나와 있었다.

> 엄마 나 휴대폰이 고장 나서
> 전화를 못 하는데 급하게
> 구글 기프트카드 사야 하는데 지금 바로
> 편의점에 가서 좀 사서 보내줘.

휴대폰 고장? 전화하면 본인이 아닌 걸 들킬 테니 전화를 못 하는 거겠지. 나는 손님에게 요새 보이스피싱 사기가 많은데, 따님을 사칭해서 그런 거라고 절대 사면 안 된다고 말했다.

내 말이 너무 빨랐을까, 아니면 발음이 부정확했을까. 손님은 눈을 끔뻑거리며 무슨 말인지 모르겠다는 표정으로 나를 쳐다봤다. 나는 급하게 종이를 뒤져 이면지를 발견하고는 거기에 또박또박 큰 글씨로 전달하고자 하는 내용을 적었다.

> 저 문자 구글 기프트카드 사칭 사기예요.
> 사서 보내면 안 돼요.
> 요새 사칭 사기가 많아요.

종이에 적힌 글자를 손님이 천천히 읽고는 이내 고개를 끄덕이더니 곧장 딸에게 전화를 걸었다. 한참 통화하던 손님은 네가 보낸 게 아니었냐며 알겠다며 천천히 매장 밖으로 나갔다. 그제야 안도의 한숨이 나왔다.

내가 일하는 편의점은 유치원, 초등학교, 학원이 인
접한 동네에 있다. 그러다 보니 매일 아이들과 마주했다. 아이
들은 귀엽고 사랑스럽지만, 아이들이 음식을 먹고 갈 때면 '경
계 대상 1순위'로 변했다.

아이들이 음식을 먹고 가겠다고 하면 나는 긴장해서 아이들
을 주시했다. 이리저리 매장을 돌아다니며 음식을 먹는 아이,
라면 물을 받으며 뜨겁다며 다 쏟아버린 아이, 분명 가만히 앉
아서 먹었는데도 마치 헨젤과 그레텔처럼 삼각김밥 밥풀과 라
면 국물을 매장 곳곳에 떨어뜨린 아이….

그 아이는 어떻게 매장 곳곳에 흔적을 남겼을까, 궁금해서

매의 눈으로 추적하기도 했다. 아이들은 음식을 먹으면서 옷에 흘렸고, 흘린 걸 닦지 않고 돌아다녀서 걸을 때마다 음식물이 떨어졌다.

아이들에게 흘리지 말고 깨끗하게 먹어달라고 부탁도 하고 애원도 해보았다. 아무런 소용이 없었다. 아이들은 저들 나름 대로 깨끗하게 먹는다고 해도 지문처럼 흔적을 늘 남겼다.

흘리는 건 그나마 나았다. 행주와 걸레로 간단히 해결되니까. 그런데 엎는 건 달랐다. 라면 국물을 다 엎어버렸을 때는 나도 모르게 한숨이 나왔다.

어떻게 하면 아이들이 라면을 엎지 않을까 한참을 고민했다. 고민 끝에 나는 라면을 내가 대신 조리해서 자리에 가져다주었다. 먹고 남은 라면 컵을 테이블에 올려두고 가면 그것 또한 내가 대신 버렸다.

번번이 라면을 조리하고 치우는 건 상당히 번거로웠지만 효과가 괜찮았다. 아이들은 자리에 가만히 앉아서 먹기만 하면 되니 좋아했다. 나는 뒷정리가 대폭 줄어서 편했다. 그런데 이제 아이들은 라면을 엎는 일 대신 시식대 주변을 라면 국물로 빨갛게 물들여놓았다.

새빨간 시식대를 닦노라면 어릴 적 크레파스를 묻히고 잠이
들었던 기억이 떠올랐다. 한참 동안 스케치북에 색색의 크레파
스로 그림을 그리다 어느새 잠이 들었다가 깨어나면, 손에 쥐
었던 크레파스도 없었고 손에 물든 크레파스 흔적도 사라져 있
었다. 처음에는 이 모든 게 마법인 줄 알았다. 시간이 지나고서
야 알았다. 엄마가 내 손을 닦아주었다는 사실을.

#편의점 사람들

정중하지만
예의 없는 사람들

'정중'과 '예의 없음'이 공존할 수 있을까. 언뜻 보면 어울리지 않는 말이지만, 편의점에서는 '정중한 예의 없음'이 자주 목격된다.

"교통카드 충전 5만 원어치 해주세요."

한 아주머니가 만 원권 다섯 장을 계산대에 던졌다. 충전한 다음 교통카드를 내밀자, 아주머니는 "고맙습니다"라며 내게 고개 숙여 인사했다. 도대체 이게 무슨 상황인가.

계산할 때는 돈이나 카드를 계산대에 집어던지지만, 가게를 나가면서 매우 정중하게 인사하는 손님들이 있다. 처음에는 이러한 간극이 상당히 당황스러웠다. 말투는 정말 정중한데, 왜 돈을 집어던질까. 상대에게 무언의 우월감을 느끼려는 것일까. 아예 반말하면서 돈을 던지는 사람들은 일관성이라도 있었지만, 교통카드 아주머니 같은 사람들은 그저 신기할 뿐이었다.

그 뒤로도 아주머니는 교통카드를 충전할 때면 돈을 던졌다. 상황이 계속되다 보면 익숙해질 법도 한데 나는 끝내 익숙해지지 않았다.

들어올 때와 나갈 때 모두 꼬박꼬박 인사하면서 막상 계산할 때는 반말하는 손님, 정중하게 물건 가격을 물으면서 막상 카드를 계산대에 던지듯 놓는 손님, 막걸리와 가스활명수를 매일 사 가면서 정중하게 얼마냐고 묻고는 돈을 계산대에 던지는 손님…….

"던지지 마세요"라고 말하고 싶었지만, 그렇게 말하는 순간 되려 손님이 기분 나빠하며 오지 않을 수도 있어서 나는 말을 속으로 삼켜야만 했다.

언젠가 한번은 얼굴에 돈을 맞은 적도 있었다. 그 순간 일일 드라마에서 자기 아들과 헤어지라며 아들의 연인에게 돈을 던지는 여인이 떠올랐다. 드라마와 다르게 손님은 본인이 던지고서는 되려 더 당황했다. 그런데도 사과하기는 싫었는지 아무

#편의점 사람들

말도 하지 않고 매장을 나갔다.

허망했다. 드라마 속 여주인공은 돈을 챙길 수라도 있지만, 나는 그 돈을 주워서 고스란히 포스기에 넣어야 했다. 숨기지 못한 수치심과 모욕감이 얼굴을 뒤덮었다. 당장 계산대를 뛰쳐나가 집으로 가고 싶었다. 하지만 아직 한참 남은 학자금 대출과 매달 내야 하는 공과금이 나를 붙들었다. 포스기에 뜬 날짜는 월급날이 아직 한참 남았음을 알리고 있었다.

        오랫동안 내 앞머리는 동그란 형태였다. 소위 바가지 머리라 불리는 헤어스타일이다. 앞머리 형태는 같고 옆머리와 뒷머리만 변화를 주며 유지해왔다. 현재는 바가지 모양의 투블럭으로 지낸다.

    내 입으로 말하기는 좀 쑥스럽지만, 나는 '동안'이다. 이제 더 이상 어린 나이가 아니지만, 어려 보이는 얼굴 때문에 어딜 가나 막내 취급을 받았다. 우스갯소리로 "마흔까지 민증 검사를 당하는 게 목표"라고 떠들고 다녔다. 서른둘이 넘은 지금도 꾸준히 민증 검사를 당하니 마흔에도 민증 검사를 당하는 건 그렇게 어려운 일이 아닐지도 모르겠다.

일상에서는 어려 보이는 게 그 나름대로 기분 좋은 일이다. 그런데 일할 때는 전혀 달랐다. 자신보다 어려 보이면 얕잡아 보는 사람이 너무 많았다. 동등한 성인임에도 본인보다 어려 보인다는 이유로 반말하는 손님을 보면 속이 용암처럼 부글부글 끓어올랐다.

"얼마야?"

"○○○ 원입니다. 봉투에 넣어드릴까요?"

"당연히 넣어줘야지. 안 넣어주려고 했어?"

그 말과 함께 손님은 돈을 던졌다. 반말만 해도 기분 나쁜데, 마치 아랫사람 대하듯 돈을 획 던지는 태도에 화가 솟구쳤다. 이런 손님에게는 내 나름의 소심한 복수를 했다. 손님이 나갈 때 인사하지 않는 것이다. 내가 인사를 하건 말건 그들은 별 신경도 쓰지 않고 나가버렸지만, 나한테는 그게 최선이었다. 똑같이 반말로 맞받아칠 수도 있었지만, 같은 부류의 사람이 되기는 싫었다.

한번은 자주 오던 손님 가운데 명령 투와 반말을 섞어서 기분 나쁘게 말하는 손님이 있었다. 때마침 사장이 자리에 있다가 그 장면을 목격했다. 나보다 더 기분 나빠하던 사장은 그 손님에게 따졌다. 다음 날부터 그 손님은 반말하지 않았다. 그런데 그 손님의 말이 참 가관이었다. 당연히 어린 줄 알고 반말을 했다는 거다. 어리면 반말을 해도 된다는 걸까.

언제 이런 기사가 나온 적이 있다. 편의점 알바생과 반말 시비를 벌인 60대가 벌금형을 받았다는 소식이었다. 법원에서는 "존중받으려면 먼저 남을 존중하라"라며 60대를 꾸짖었다. 생면부지의 타인에게 반말로 모욕감을 줄 정도라면 얼마나 못된 말을 내뱉은 걸까. 참지 않고 고소한 알바의 용기가 대단하고 부러웠다.

OPEN

　　편의점 알바 초창기 가장 힘들었던 순간들이 있다. 다른 것도 아닌 봉투값 20원 탓이었다. 환경부담금으로 봉투값 20원을 받는다고 하면, 다른 곳에서는 안 받는데 왜 여기만 받냐고 욕하는 손님들이 있었다.

　　편의점 봉투는 자연적으로 솟아난다고 생각하는 걸까. 마트에서 봉투값 받는다고 하면 아무 말도 하지 않고 고개를 끄덕이면서, 편의점에서는 왜 그러는지 알 수 없었다.

　　편의점 봉투는 당연히 무상으로 지급되어야 한다는 논리도 말이 되지 않았지만, 20원 때문에 폭언과 욕설을 하는 건 도저히 상식적으로 납득되지 않았다.

"아니, 동네에 있는 곳이면 봉투값 안 받아야 하는 거 아니야? 참 장사할 줄 모르네."

"×발, 여기는 왜 봉투값을 받고 지랄이야!"

"봉투 그거 얼마 한다고! 그냥 공짜로 줘요!"

"×발 ×같네. 그럼 이걸 손에 들고 가요? 당연히 넣어줘야죠. 봉투값 받는 거 어이없네."

이런 사람들을 대할 때면 롤러코스터를 탄 것처럼 여러 감정이 위로 솟구치다 바닥을 치고를 연신 반복했다. 두려움, 분노, 슬픔. 일면식도 없는 사람에게 두려움을 느꼈고, 곧이어 두려움은 분노로 바뀌었다가, 그들이 떠나고 난 뒤에는 슬픔이 남았다. 나의 노동에는 20원 때문에 욕을 먹어야 할 만큼의 값이 포함되어 있지 않았다.

김밥집 홀서빙, 전단지, 호프집 홀서빙, 고속도로 휴게소 식당 코너, 편의점 코너 캐셔, 커피 코너 바리스타, 콘도 주방 보조, 호텔 중식당 홀서빙, 게스트하우스 스태프, 서점 직원. 무수히 많은 노동을 오래 해왔지만 20원 때문에 욕을 먹어본 적은 없었다.

이런 대우를 받아가며 일하는 게 옳은 걸까. 서러웠다. 그만두지 못하고 계속 일할 수밖에 없는 처지에 자괴감도 들었다. 나라는 사람의 가치는 봉투 한 장 값만도 못한 것일까. 이런 생각이 머릿속에 가득 찰 때면 눈가가 뜨거워졌다. 수치스러웠다. 20원에 속절없이 무너져버린다는 게.

불행인지 다행인지 모르겠으나 손님들은 사람을 가려가며 폭언과 욕설을 하지 않았다. 사장한테도 마찬가지였다.

"니가 일하는 시간에도 봉투값 때문에 뭐라고 하는 사람 많았어?"

"네. 왜 봉투값 받냐고 화내는 분들이 꽤 많이 있어요."

"이제 봉투값 받지 마라. 점포에서 돈 내고 주는 쪽으로 하자. 욕하는 사람이 하도 많아서 안 되겠다."

그 뒤로 봉투값 때문에 스트레스를 받는 일은 사라졌다. 이제 더 이상 20원 때문에 모멸감을 느낄 일은 없어졌지만, 가끔 당연하단 듯이 봉투를 여러 장 요구하는 손님을 볼 때면 그때의 기억이 새록 떠올랐다.

———— 당당한
　　　미성년자들

　　　　　수능이 끝나고 나면 성인인 척 '위조 신분증'을 들
고 와 담배를 사려는 미성년자가 부쩍 늘었다. 육안으로는 성
인과 미성년자를 구분하기 어렵기 때문에 주민등록증이 꼭 필
요했다. 요새는 성인이라고 해도 믿을 정도로 키 크고 건장한
체격의 학생이 많으니까.

　주민등록증을 가져온다고 해도 거기서 끝이 아니다. 사진과
실물이 현저히 차이 나는 경우가 있었다. 그럴 때면 주민등록
번호를 불러보라고 하는데 이 단계에서 대부분의 미성년자가
걸러졌다. 본인 것이 아닌 타인의 주민등록증을 빌려서 온 학
생들은 주민등록번호를 제대로 읊지 못했다.

영화 〈박화영〉이 떠올랐다. 주인공 박화영은 집을 나온 또래 아이들의 엄마 같은 존재다. 그는 또래에게 먹을 것과 잘 곳을 제공해준다. 숙식만 제공해주면 좋으련만, 박화영과 아이들은 술 담배를 하면서 막 산다. 제대로 된 어른이 없는 곳에서 아이들은 필연적으로 나쁜 세상의 일원이 되어간다.

현실도 별반 다르지 않았다. 오히려 현실이 더했다. 교복 차림으로 거리낌 없이 술 담배를 하고, 줄줄이 시식대에 앉아 컵라면을 먹으며 친구에게 전화해 "나와, 담배 한 대 피자"라고 말하는 아이들…. 한번은 교복을 입고서는 대놓고 "이모, 히말라야 한 갑 주세요"라고 낄낄거리며 말하는 아이도 있었다. 단호하게 미성년자에게는 안 판다고 말하며 쫓아냈는데, 그 순간이 참으로 씁쓸했다.

고등학생 때 학생부 선생님은 선도부원 몇몇을 데리고 점심시간마다 학교 곳곳을 돌아다녔다. 쓰레기장, 정원 뒤편, 체육관 뒤…. 나도 선도부라서 그 행렬에 동참해야 했다. 가끔 간도 크게 학교 안에서 담배를 피우다가 걸리는 친구들을 볼 때면 괜히 내가 겁이 났다. 선생님과 함께 흡연 단속에 나섰다는 이유로 혹시 내가 그들의 '타깃'이 되는 건 아닐까 싶었다.

선생님이 의심 가는 아이의 손가락 냄새를 맡아보라고 내게 지시할 때마다 나는 탐지견이 된 듯 충실하게 냄새를 맡았다.

언젠가 같은 반 친구가 담배를 피웠다는 의심을 받은 적이 있었다. 그 친구는 소위 말하는 일진도 아니었고 반에서 아주 평범한 학생이었다. 나는 친구 손가락에서 담배 냄새가 나질 않길 바랐다. 다행히도 친구 손에서는 담배 냄새가 나지 않았다. 하지만 나는 친구가 담배 피운 걸 알고 있었다. 걸리지 않으려고 나무젓가락 사이에 담배를 끼워서 피운 것도.

가끔 삼각김밥을 계산하는 아이에게서 담배 냄새가 날 때면 나는 그 친구가 떠올랐다. 어쩌면 아이들에게는 내가 모르는 무언의 사연이 있는 건 아닐까.

가시나와
담배 손님

딸랑이는 풍경 소리와 함께 '그 손님'이 왔다. 180센티미터 정도 키에 낮은 목소리, 충혈된 눈, 구릿빛 피부와 상징 같은 네이비색 모자. 그 손님이 올 때마다 나는 긴장한 탓에 손바닥에 땀이 배었다. 다리도 덜덜 떨렸다.

처음부터 그랬던 건 아니다. 그 손님에게 위협과 폭언을 당한 뒤로는 그 손님만 오면 자동반사적으로 손에 땀이 났고 다리가 떨렸다.

그 손님은 언제나 던힐 6미리를 두 갑씩 샀다. 그런데 한번은 내가 눈앞에 던힐을 두고도 찾지 못해 잠시 손을 머뭇거린 적이 있었다. 늘 곧바로 담배를 꺼내 주었기 때문인지는 몰라도, 내가 머뭇거리는 잠시를 그 손님은 견디지 못했다. 그 손님은 때릴 듯이 손을 높이 쳐들고 말했다.

"야, 가시나야! 눈앞에 바로 담배가 있는데 그게 안 보이냐?"

사전적 의미에서 '가시나'는 계집아이의 방언이다. 내가 사는 도시에서는 '가시나'라는 단어를 여성을 비하하는 방식으로 사용하는 사람이 꽤 많다. 그 손님도 분명 좋은 뜻으로 나에게 "가시나"라고 하지는 않았다는 게 느껴졌다.

아는 사이도 아니고 점원과 손님으로 고작 몇 차례 얼굴을 맞댄 게 다인데 이렇게 함부로 말할 수 있나 싶었다. 충격을 받아 얼굴에 열이 올라 새빨개졌다. 빨갛게 익어버린 내 얼굴을 보고 그 손님은 아차 하는 표정을 지었다. 그렇다고 해서 자신이 한 말과 행동에 대해 사과하지는 않았다.

그 뒤 다시 왔을 때 "어서 오세요. 담배 드릴까요?"라고 내가 먼저 물었다. 자신이 말하기도 전에 먼저 내가 말해서 기분이 나빴던 걸까.

"내가 먼저 달라고 말한 것도 아닌데 왜 묻고 지랄이야!"

그 손님은 잔뜩 표정을 구기며 나를 내려다보며 폭언을 내뱉었다. 고함치듯 날카로운 목소리에 눌려 사시나무 떨 듯 다

리가 덜덜 떨렸다. 눈물이 날 것 같았다. 애써 아무렇지 않은
척했다. 그리고 다짐했다. 다음부터는 아무 말도 하지 말자고.

그 손님이 다른 근무자에게도 그렇게 굴었다면 원래 그런
사람이라고 생각했을 것이다. 이상하게도 그 손님은 범이 아저
씨에게는 함부로 굴지 않았다. 내가 알던 사람이 맞나 싶을 정
도로 조용해서 깜짝 놀랐다.

범이 아저씨에게 물었다.

"저 손님 원래 저렇게 조용한가요?"

"항상 저렇게 조용히 말하던데, 무슨 일 있었어요?"

OPEN

"제가 일하는 시간에는 와서 항상 위협적으로 대하고 가서
저는 저 손님 싫어하거든요."

내 말에 범이 아저씨는 그 손님이 그렇게 군다는 게 이해가
되지 않는다는 듯 고개를 갸웃거렸다. 나는 괜히 범이 아저씨
가 부러웠다.

포켓볼을 친 지 1분도 안 돼서 8번 공을 넣어 단번에 게임이 끝나버리는 것처럼 운이 나쁜 날이 있다. '제이에스'가 연달아 오는 날이다.

제이에스JS는 '진상'을 뜻한다. 사람을 상대하는 곳은 어느 곳이든 제이에스가 있게 마련이지만, 편의점 제이에스는 상상을 초월했다. 근무자에게 반말하거나 계산할 때 돈이나 카드를 집어던지는 건 하수에 속할 정도였다.

조금 더 높은 레벨의 유형은 봉투값 20원을 받는다고 '×발', '××년' 같은 욕을 내뱉었다. 이런 손님이 꽤 많아서 봉투값을 점포에서 지불하고 손님에게 주는 실정이었다. 잔돈을 바꿔주지 않는다고 욕하며 바닥에 침을 뱉고 가는 사람도 있었다.

편의점이라고 해서 항상 잔돈이 있는 건 아니다. 은행에 가서 돈을 바꿔야만 잔돈이 생긴다. 요즘에는 사람들이 현금을 잘 들고 다니지 않고, 카드로 계산을 많이 하기 때문에 편의점이라도 잔돈이 넘쳐나지는 않는다. 잔돈이 넉넉히 있을 때야 흔쾌히 바꾸어 준다. 하지만 없어서 못 주는데 폭언을 하고 욕설을 내뱉는 건 대체 무슨 심보일까. 심지어 길 건너에 은행이 있는데도 길 건너가기 귀찮으니까 있는 걸 다 털어서라도 무조건 바꿔 달라는 손님도 있었다.

한번은 가게 안에 들어오자마자 마스크를 내리고 전화 통화를 하는 손님에게 마스크를 쓰고 통화해달라고 요청했다. 손님은 내가 자신을 병균 취급한다며 욕을 해댔다. 그 손님은 끝까지 마스크를 쓰지 않았다.

다른 유형도 많다. 앞 사람이 계산하고 있는데 끼어들어서 자기 먼저 해달라고 말하는 손님, 비 오는 날 우산을 사고 가게 안에서 우산을 활짝 펴서 밖으로 나가는 손님, 두루마리 휴지를 살 예정인데 들고 가기 무거우니까 대신 들어달라는 손님, 왜 아이스크림은 차가운 것밖에 없냐며 따뜻한 걸 찾는 손님,

가게 안에서 담뱃불을 붙이는 손님….

정말 별의별 사람이 다 있었다. 신기한 사람투성이라는 서울 지하철 1호선이 부럽지 않을 정도였다. 그나마 지하철은 내가 자리를 옮겨서 피할 수 있지만, 편의점에 내가 피할 곳은 없었다. 게다가 그런 손님들은 꽤 오래 매장에 머물렀다.

제이에스는 잠시만 상대해도 기가 쭉쭉 빨렸다. 이들이 연달아 들이닥치는 날이면 내 얼굴은 점점 더 하얗게 질려갔다.

24HOURS

#편의점 사람들

저녁 5시가 되면 온몸이 뻣뻣하게 굳었다. 퇴근까지 OPEN
는 한 시간이 남았다. 퇴근을 코앞에 두었기 때문에 즐거워야
정상인데, 전혀 즐겁지가 않고 걱정이 앞섰다. 어김없이 그 할
머니가 올 거라는 생각에 한숨이 나왔다.

할머니는 알람시계처럼 5시가 되면 항상 문을 열고 들어왔
다. 가끔 5시가 아닐 때도 있었지만, 거의 어김없이 5시였다.
할머니는 하얀색 타포린백에 두유와 알 수 없는 검은 비닐봉지
를 넣고, 알이 작은 안경을 코에 걸치듯 쓰고 들어왔다.

처음부터 할머니의 방문이 두려웠던 건 아니다. 2017년에
할머니를 처음 보았을 때까지만 해도 대수롭지 않게 생각했다.

치매 탓에 방금 전 상황을 자주 잊기는 했지만, 물건을 훔치지는 않았으니까.

할머니가 두려워진 건 2019년부터였다. 계산도 하지 않은 바나나우유를 훔쳐서 나가는 걸 보고는 무척 당황스러웠지만 그때 한 번뿐일 거라 생각했다. 그러나 내 예상과 달랐다. 할머니는 점점 더 대담하게 물건을 훔쳤다. 바로 옆에서 사람이 지키고 서 있어도 아무렇지 않게 물건을 옷에 숨겼다.

시간이 지날수록 할머니는 훔친 물건을 옷 깊숙이 넣었다. 그런 할머니를 제지하다가 나는 "도대체 저한테 왜 그러시는 거예요!"라고 소리치고는 바닥에 주저앉아 펑펑 운 적도 있다. 할머니는 내 모습을 보며 "미쳤나"라고 말했다. 이 상황이 앞으로도 지속된다면 할머니 말대로 나는 정말 미쳐버릴 것만 같았다.

도저히 내 힘으로는 할머니를 감당할 수가 없어서 번번이 경찰을 불렀다. 아무 소용이 없었다. 경찰도 할머니를 곤란해했다. 집에 모셔다 드린다고 할 때마다 할머니는 소리를 지르며 버텼다. 그럴 때마다 울화가 치밀었다. 결국 다음 날이면 할머니는 또 아무렇지 않게 와서 물건을 훔쳤으니까.

　경찰에 신고하는 것도 지쳐갈 무렵이었다. 어느 날 할머니의 큰아들이라는 사람이 와서 자신의 연락처를 남겼다.

　"다음에 할머니 또 오시면 여기로 연락해주세요. 경찰한테 전화하지 말고요."

　나는 알겠다고 대답하며 연락처를 적어 포스기에 붙였다.

　"여기 편의점인데요. 할머니 좀 데려가세요."

　할머니는 역시나 5시에 또 등장했다. 나는 매일 아들에게 전화를 걸었다. 처음 몇 번은 미안하다고 말하던 아들은, 이제는 편의점이라고 말하자마자 한숨을 먼저 쉬었다. 전화는 아들이 받았지만 아들이 할머니를 데리러 오는 일은 거의 없었다. 대부분 며느리와 손녀가 할머니를 데리러 왔다.

고집 피우는 할머니 앞에서 며느리가 한탄하듯 말했다.

"내가 시집을 잘못 와서 이게 대체 무슨 고생이야. 어머니, 제발 좀 갑시다."

"놔! 내가 알아서 간다!"

잠시 마주하는 나도 이렇게 스트레스를 받는데 가족들은 오죽할까 싶었지만, 점점 더 심해지는 할머니의 고집과 도벽 탓에 나는 그 가족들마저도 원망스러웠다. 할머니의 가족들은 요양원을 알아보고 있다고 했지만, 말뿐인 것 같았다. 요양원을 알아보는 게 몇 년이 걸릴 일은 아니니까.

팬데믹 상황이 되자 할머니의 방문에 새로운 과제가 하나 추가되었다. 할머니는 마스크를 턱에 걸치고 있을 뿐, 절대 마스크를 위로 올려서 쓰지 않았다. 마스크를 쓰라고 하면 늘 못 들은 척했다. 내가 직접 마스크를 올려 씌워주기도 했다. 1분도 되지 않아 할머니는 마스크를 다시 내리고 매장 곳곳을 돌아다녔다. 그 모습이 불편했던 손님들이 할머니에게 마스크를 쓰라고 말했지만 소용없었다.

#편의점 사람들

다른 손님 물건을 계산하느라 할머니에게 잠시 시선을 떼면 요란하게 부스럭거리는 소리가 들렸다. 후다닥 계산을 마치고 뛰어가 보면 할머니는 옷이 터지도록 물건을 집어넣었다. 할머니는 물건을 넣고 나는 빼는 행동을 반복하다 진이 다 빠질 때쯤이면 며느리나 손녀가 왔다. 팽팽한 신경전 끝에 출입문에 붙은 풍경이 딸랑거리는 소리와 함께 할머니가 나갔다.

나는 물끄러미 출입문을 바라보았다. 문득 할머니가 원한 건 물건이 아닐지도 모르겠다는 생각이 들었다.

OPEN

——— 500원
손님

　　짤랑, 문소리가 나더니 '500원 손님'이 왔다. 이 손님은 500원만 들고 와서 물건을 골랐다. 한참 동안 매장을 돌면서 물건을 고른 손님은 물건 가격에 상관없이 500원만 내밀었다. 나머지는 내 돈으로 보태라며.

　　돈이 부족하면 당연히 물건을 살 수 없다. 그러나 500원 손님은 내가 돈을 보태줄 거라는 믿음이 있는 건지, 항상 나에게 돈을 보태달라고 떼를 썼다. 그때마다 나는 곤혹스러운 표정으로 거절했다. 손님은 계속 종용하다가 여러 번 거절당하고서야 500원을 들고 매장 밖으로 나갔다. 그 손님을 볼 때마다 의문이 들었다. 어떻게 매일 500원만 들고 와서 저럴 수 있을까.

또 다른 500원 손님이 있다. 아침마다 요구르트를 사 가는 할머니였다. 플라스틱 지팡이를 짚고, 분홍빛 꽃무늬가 그려진 조끼를 입은 할머니는 느릿느릿 매장 문을 열고 들어와 곧바로 계산대에서 "요구르트 한 줄 줘"라고 말했다.

때때로 내 행동이 할머니 말보다 더 빠를 때도 있었다. 할머니가 들어오는 걸 보고 바로 요구르트를 준비했으니까. 이대로 요구르트를 계산하는 장면으로 평화롭게만 끝난다면 좋겠지만, 할머니는 매번 이렇게 말했다.

"여기는 왜 50원을 더 받냐! 저 밑에는 500원 하는데!"

매일 토씨 하나 틀리지 않았다. 그래서 나는 할머니의 다음 행동과 대사를 저절로 외웠다. 할머니의 다음 행동은 셋 가운데 하나다. ①주머니에 돈이 더 있음에도 500원만 내밀고는 500원만 받으라고 한다. ②나에게 노인 공경의 의미로 요구르트를 대신 사라고 한다. ③비싸서 안 산다며 혀를 차며 나간다.

그런데 그날은 뭔가 달랐다. 500원을 다시 주머니에 넣으며 "너는 어른에 대한 공경도 모르냐. 굳이 50원을 더 받아야겠냐! 돈 못 준다! 니가 사서 줘!"라고 말했다. 그건 안 된다고 했더니 할머니는 얼굴을 일그러뜨리며 바로 폭언을 뱉었다.

"너는 부모도 없냐! 미친×."

할머니의 말에 내 이성의 끈이 툭
하고 끊어지는 느낌이 들었다.

"안 팔 거니까 나가세요."

요구르트를 원래 자리에 갖다 놓
으며 그렇게 말했더니 할머니는 손에

쥐고 있던 플라스틱 지팡이를 나를 향해 휘둘렀다. 순간 깜짝
놀랐지만 엉겹결에 지팡이를 붙잡았다. 그러지 않았더라면 나
는 꼼짝없이 지팡이에 맞았을 것이다.

내가 지팡이를 붙잡았던 손을 풀자 할머니는 욕설을 내뱉더
니 다시 지팡이를 휘둘렀다. 나는 또다시 지팡이를 붙잡았다.
그러기를 몇 번 반복한 끝에 할머니는 지쳤는지 동네를 한 바
퀴는 휘감을 수 있을 만큼의 욕을 쉬지 않고 내뱉으며 가게를
나갔다.

OPEN

　　밸런타인데이, 화이트데이, 빼빼로데이 같은 행사는
편의점의 큰 대목 행사. 행사가 있는 달에는 행사에 어울리
는 상품을 입구 쪽 매대에 따로 진열했다. 잘 보이는 곳에 둬야
하나라도 더 팔 수 있으니까.

　　밸런타인데이 막바지 행사 때였다. 아이를 안은 손님이 매
장에 들어섰다. 때마침 입구 쪽에 있는 원두커피머신에서 다른
손님이 커피를 뽑고 있어서 들어오는 입구가 몹시 협소했다.
아이를 안은 손님이 들어오다가 입구 옆 행사 매대를 쳤다. 그
바람에 맨 위에 진열된 초콜릿 통 하나가 바닥으로 떨어지며
깨졌다. 요란한 소리에도 손님은 아랑곳하지 않았다. 나는 깨

진 초콜릿 통을 주워 손님에게 말했다.

"저기, 손님. 이거 통이 깨졌는데요."

"그래서요? 왜 여기다 진열해놔요? 이렇게 좁은 입구에 진열한 게 잘못 아닌가요? 그리고 커피 뽑는 저 사람 때문에 안 그래도 좁은데 들어오기 힘들어서 떨어진 거라고요. 지금 저보고 배상하라는 거예요? 본인이 잘못 진열해놓고 뭘 어쩌라고요!"

속사포처럼 쏟아내는 말을 듣고 있자니 정신이 아득했다. 매대는 항상 그 자리에 있고, 누군가가 건드리지 않는 이상 물건이 떨어지지 않는다. 보통은 물건이 파손되었으면 미안하다고 사과를 먼저 했다. 그런데 이 손님은 그러지 않았다. 게다가 가만히 있는 커피 손님에게까지 싸잡아 잘못을 돌렸다. 심지어 나는 배상하라는 말을 꺼내지도 않았다.

오랜 서비스업 경험으로 비추어볼 때 여기서 더 말을 꺼내봤자 나만 스트레스 받을 게 뻔했다. 좋은 결과가 나올 리도 없었다.

자포자기하는 심정으로 말없이 깨진 통을 바라보며 이걸 어째야 하나 한숨을 쉬었다. 그런데 그 손님은 나에게서 내가 진열을 잘못했다는 말을 들어야겠다는 듯이 따발총처럼 말을 계속 쏟아냈다.

"사람이 들어오면서 매대를 칠 수도 있지, 기분 나쁘게 왜 저기다 진열을 해놓냐고!"

나의 잘못으로 벌어진 상황이 아닌데도, 그 상황을 모면하기 위해 타인의 잘못도 내 잘못이 되어야 할 때가 있었다. 이런 면에서 제이에스 손님들은 타인을 가스라이팅하는 데 천부적인 재능이 있다. 본인의 잘못을 상대방에게 뒤집어씌워 상대방이 사과하게 만드는 재능.

이런 유형에게는 내가 잘못한 게 없어도 무조건 내 잘못이라고 하고 사과하고 돌려보내야 한다. 그러지 않으면 끝까지 물고 늘어졌다. 마치 절대 내 쪽으로 당겨지지 않을 줄다리기를 하는 것처럼 말이다.

그 손님의 태도로 봐서 초콜릿 배상은 나의 몫이 될 것 같았다. 나는 울며 겨자 먹기로 손님에게 배상하라고 안 할 테니까 그냥 가도 된다고 말했다. 그러나 그는 이미 자신의 기분이 나빠졌다며 나에게 욕을 퍼부었다. 내 잘못도 아닌데 나는 죄송하다는 말을 계속 반복했다. 그 손님이 떠난 뒤 깨진 초콜릿 통

OPEN

조각을 정리하는 것도 내 몫이었다.

　이왕 내가 계산하기로 결심했으니 단 걸 먹고 기분이라도 풀자 싶어서 초콜릿 껍질을 까서 입에 넣었다. 깨진 통과는 별개로 초콜릿은 너무 달콤했다.

　그날 밤 나는 악몽을 꾸었다. 거대한 초콜릿이 눈앞에서 산산조각 나서 치우는 꿈을.

자기만의 언어로
말하기

　　물건이나 담배 이름을 전부 줄여서 말하는 손님이
있었다. 늘 줄여서 말하기 때문에 대체 무슨 물건을 찾는 건지
알 수가 없었다. 막상 찾고 나면 '아, 이걸 말한 거였구나' 싶어
서 허탈하기도 했다. 그나마 줄임말에 익숙해지면서 갈수록 상
품을 빨리 찾을 수 있어서 다행이었다.

　처음 그 손님이 왔을 때였다. 그는 "에체 하나 주세요"라고
했다. 순간적으로 머릿속 모든 회로가 빠르게 뒤엉켰다. '에체
가 뭐지? 줄임말인가? 에쎄 체인지인가?' 손님이 미리mg를 말
하지 않았으니 '에쎄 체인지 1미리인가?' 나는 알쏭달쏭한 표
정으로 손님에게 에쎄 체인지 1미리가 맞냐고 물었다. 고개를

끄덕이며 그가 대답했다.

"네, 맞아요. 그거. 에체."

손님들 대부분은 '체인지 1미리'라고 불렀기에, 당황스러웠지만 기억해두어야겠다고 생각했다. 그런데 그게 끝이 아니었다. 그 손님은 과자도, 라면도, 다른 상품도 다 줄여서 불렀다. 양파링은 '양파', 불닭볶음면은 '불볶' 같은 식으로. 줄임말은 어쩌면 그 손님만의 언어 체계일지도 몰랐다.

줄임말 손님보다 더 높은 난이도의 손님도 있었다. 바로 '이거 말고 저거' 손님이다. 나 역시 줄임말에 길들여졌을까, 나는 이런 손님을 '이저 손님'이라 불렀다. 이저 손님들에게는 공통점이 있었다. 들어오면 로켓이라도 발사할 것 같은 모션으로 손가락 하나를 들고 "담배 하나 줘"라고 반말을 했다. 이때 어떤 담배인지 이름을 절대 이야기하지 않는다는 게 그들의 공통점이다.

대체 그가 말하는 담배가 무엇일까. 손끝을 따라가 보아도 어떤 건지 모르겠다. 이저 손님의 손끝은 마치 포토샵의 '블러' 효과를 입힌 것처럼 정확하지 않고 뿌옇게 흐렸다. 손끝이 가리키는 게 대체 무엇인지 알 수 없다는 점에서, 나는 안개 속에

#편의점 사람들

서 내비게이션이 고장 나 목적지를 잃은 자동차 같았다.

"어떤 담배로 드릴까요?"

"저거, 저걸로. 파란 거 있잖아."

파란색이 들어간 담배만 해도 수십 종. 혹시 에쎄일까 싶어서 에쎄 프라임을 내밀면, 바로 퇴짜다.

"아니, 그거 말고 파란 거."

대체 어떤 파란색을 말하는 것일까. 나는 혼돈에 빠졌다. 여러 종의 담배를 내밀고서야 이저 손님의 담배가 무엇인지 비로소 파악했다. 그가 말한 담배는 '파란색'이 아니라 '초록색'이었다.

이제 계산할 차례였다. 계산하려고 하면 이저 손님은 태클을 걸었다. 담뱃갑에 그려진 그림이 마음에 안 든다고 했다.

"이거 말고 저걸로 줘."

그가 가리키는 방향에는 아이가 우는 표정을 한 그림이 그려진 담뱃갑이 있었다. 내가 그에게 내민 담뱃갑에는 발기부전 그림이 그려져 있었다. 그 손님은 구강암이나 발기부전 그림은 볼 때마다 재수 없고 기분 나쁘니까 다른 걸로 달라고 했다. 그가 원하는 그림이 담긴 담뱃갑을 다시 내밀면 비로소 계산할 수 있었다.

　그나마 진열된 상품과 교환해달라는 건 납득이 됐다. 종종 이저 손님은 원하는 그림이 없다면서 새로 보루를 뜯어서 교환해달라고 했다. 억지스럽다고 생각했지만 보루가 남아 있다면 뜯어서 교환해주었다.

　그렇게 이저 손님은 다른 얼굴, 다른 목소리로 매장에 찾아왔다. 그때마다 나는 게임 퀘스트를 진행하듯 담배를 찾았고 담뱃갑의 그림을 들여다보았다.

#편의점 사람들

OPEN

날씨가 부쩍 더워지면서 얼음컵 입고량이 늘었다.
얼음컵 개수만큼 밖에 내어놓을 박스의 양도 늘었다. 얼음컵이
담긴 박스를 정리하고 나면 출입문 바깥에 차곡차곡 박스를 내
어놓았다. 박스는 순식간에 할머니들이 가져갔다.

박스 줍기에도 불문율이 있었다. 노점상이 구역을 정해서 장
사하듯, 박스도 할머니들마다 각기 줍는 구역이 정해져 있다.
우리 편의점 박스를 거의 전담하듯 챙겨 가는 할머니가 있었
다. 할머니는 늘 분홍색 꽃무늬가 그려진 몸뻬바지를 입고 박
스를 주섬주섬 챙겼다. 나는 그 할머니를 '막내 할머니'라 불렀
다. 막내 할머니는 막내라는 호칭처럼 동네 할머니들 사이에서

막내였다.

막내 할머니는 자주 막걸리 심부름을 했다. 박스를 줍고 난 뒤에는 종종 다른 할머니들을 위해 막걸리를 사 가곤 했다. 말이 좋아 막내지, 막내 할머니의 허리는 굽을 대로 굽었다. 조금만 더 굽으면 얼굴이 발에 닿을 것만 같았다.

막내 할머니는 굽은 허리를 이끌고서 걸음을 옮겨 자신보다 더 허리가 꼿꼿한 할머니들을 위해 막걸리를 사러 왔다. 막내 할머니가 막걸리 심부름을 한다는 건 할머니의 버릇 같은 혼잣말 때문에 알 수 있었다.

"오늘도 심부름하러 왔다네."

왜 맨날 할머니만 시키냐고 물으니, 막내 할머니는 씨익 웃으며 자기가 제일 어리니 어쩔 수 없다고 했다. 막걸리를 할머니도 드시냐고 물었더니 자신은 막걸리를 먹지 않는단다.

차라리 막내 할머니도 같이 마신다면 모르겠지만, 정작 본인은 마시지 않는데도 계속 심부름하는 모습을 보고 있자니 내가 괜히 속상했다.

막내 할머니의 뒷모습을 물끄러미 보다가 책이 하나 떠올랐다. 분리수거물과 폐지를 줍는 노인의 생애를 다룬 《가난의 문법》. 이 책 속 가상 인물인 윤영자가 막내 할머니를 볼 때면 생각났다. 구역을 정해 박스를 줍는 모습이나, 다른 할머니들을 위해 귀찮은 일을 도맡아 하는 것도 닮았다.

리어카에 자신의 키보다 더 높이 박스를 쌓고는 느린 걸음으로 걷던 막내 할머니. 비록 막내 할머니와 대화를 많이 나눠보진 못했지만 나는 막내 할머니가 무척 긍정적인 사람이라고 생각했다. 할머니는 막걸리를 사러 오거나 박스를 주워 갈 때면 웃는 얼굴로 늘 "고맙습니다"라고 말했다.

막내 할머니의 씩씩한 웃음을 보고 있으면, 이제는 볼 수 없는 우리 할머니의 인자한 미소가 두둥실 떠올랐다. 나는 그런 막내 할머니를 위해 최대한 박스를 많이 모아 매장 밖에 내어 놓았다.

구멍 난
포스기

포스기를 다룰 때는 늘 긴장해야 한다. 돈이 오가는 일이기 때문이다. 손님이 카드로 계산할 때는, 실수로 물건을 더 찍거나 적게 찍지 않는 이상 금액이 안 맞을 일이 거의 없다. 하지만 현금으로 계산할 때는 더 거슬러 주거나 덜 거슬러 주는 일이 종종 벌어졌다.

포스기 현금이 맞지 않으면 교대할 때 시재점검을 통해 해당 시간에 근무했던 근무자가 비는 금액을 그만큼 채워 넣어야 했다. 시급도 낮은데 돈까지 채워넣을 수는 없기에 나는 계산에 항상 만전을 기했다. 시재점검할 때 차이금액 없이 '0'을 웬만하면 유지하는 편이었다.

#편의점 사람들

그럼에도 불구하고 손님이 한꺼번에 몰릴 때면 계산을 잘못할 때가 있었다.

한번은 아이들이 우루루 몰려와 라면을 샀다. 서로 먼저 계산하겠다고 옥신각신하는 사이에 총합 1만 3200원을 계산하고 가야 하는 다른 손님이 1200원만 계산대에 올려놓고 가버렸다. 순식간에 벌어진 상황이라 아무런 손을 쓸 수 없었다.

손님이 너무도 당당하게 가버려서 나는 순간 머릿속이 하얘졌다. 돈을 다 맞게 받았는데 내가 받지 않았다고 착각하는 건 아닐까 싶었다. 당황스러웠지만 아무리 생각해도 돈을 더 받지는 않았다.

바로 출입문을 열고 뒤따라갔지만 이미 손님은 사라진 뒤였다. 하늘로 솟은 건지 땅으로 꺼진 건지 잠깐 사이에 그 손님은 증발해버린 듯했다. 사라진 손님의 그림자라도 쫓으려 주변을 뛰어다녔지만, 그 손님은 어디에도 없었다.

다시 가게로 돌아오자 일시적으로 뇌가 작동을 멈춘 듯했다. 너무 당황해서 알던 것도 까먹었는지 '영수증 업무'를 눌렀다가, 포스기 현금통을 열었다가 닫았다가를 반복했다.

"아, 이게 아닌데"라고 중얼거리다가 시재점검을 해야 한다는 사실을 뒤늦게 떠올렸다.

무섭고 절망스러웠다. 돈이 제발 맞으면 좋겠지만, 아무리 생각해도 제대로 받지 않은 터라 맞을 리가 없었다. 역시나 시재점검을 하자 1만 2000원이 비었다.

'-12,000원'이 뜬 화면을 보니 나 자신에게 화가 났다. 거의 두 시간 동안 일한 돈을 날려야 했으니까. 조금 더 빨리 판단하고 몇 초라도 빨리 나갔으면 그 손님을 잡을 수 있었을까. 후회했지만 이미 소용없었다. 나는 비어버린 1만 2000원을 한숨을 쉬며 채웠다.

집에 가서도 잃어버린 두 시간의 시급이 내내 떠올랐다. 혹시 그 손님이 다시 와서 계산할 일이 있지 않을까 하는 일말의 희망을 품었다. 내가 대신 결제한 영수증 내역을 뽑아도 놓았지만 아마도 그 손님이 다시 오는 일은 없을 것이다.

#편의점 사람들

삼각김밥을 훔치다가 눈앞에서 걸린 중학생, 대담하게 패딩 안에 과자를 숨겨 가다가 걸린 초등학생, 계산한 물건인 척하고 자연스럽게 가지고 나가려는 아저씨···. 손버릇은 나이를 타지 않는 모양이다.

한번은 할머니 한 분이 체크카드를 잃어버렸다고 왔다. 마지막으로 계산된 곳이 이곳이었다고 했다. 아마도 카드를 주운 사람이 쓴 것 같다며 CCTV를 보여달라고 했다. CCTV는 함부로 보여줄 수 없다고 설명했다.

"아니, 학생이 입장 바꿔 생각해봐요. 당연히 보여줘야 하는 거 아닌가?"

"죄송하지만, 저는 CCTV를 확인할 수 있는 비밀번호도 모르고 권한도 없어서 어떻게 할 수가 없습니다."

경찰이 와서 수사에 협조해달라고 요구하는 것도 아니고, 개인이 요청한다고 해서 CCTV를 함부로 보여줄 수는 없는 노릇이다. 대체 뭘 믿고 보여준단 말인가.

할머니는 계산대 앞을 떡하니 가로막고 서서 보여줄 때까지 가지 않겠다고 했다. 결국 나는 사장에게 전화를 걸었다. 사장은, 지금 당장 갈 수 없지만 다행히도 지금 점포에 본사 직원이 가는 중이라고 했다. 사장이 미리 이야기해놓을 테니 본사 직원에게 CCTV 확인을 부탁하라고 했다. 이윽고 도착한 본사 직원은 할머니의 휴대폰으로 날아온 결제 내역 문자를 통해 시간을 확인한 뒤 CCTV 영상을 살폈다.

나는 포스기 영수증 내역을 조회해 해당 시간에 팔린 물건이 무엇인지를 프린트했다. 6500원짜리 미원 하나였다. 흥미롭게도 영수증 내역에는 멤버십 포인트 적립 내역도 찍혀 있었다. 본사 직원과 나는 어떻게 남의 카드를 주워서 쓰면서 포인트를 적립할 생각을 다 하냐며, 이 정도면 금방 도둑을 잡아낼 수 있겠다고 이야기를 나누었다.

우리는 할머니에게 CCTV 속 화면을 휴대폰으로 찍은 사진과 프린트한 영수증 내역을 건넸다. 할머니는 그걸 곰곰이 들여다보더니 알쏭달쏭한 표정을 지었다.

나는 그때까지 알지 못했다. 화면에 담긴 회색 비니에 자주색 점퍼를 입은 할머니가 다른 사람이 아닌 할머니 본인인 것을. 나는 할머니가 쓰고 있는 비니가 화면 속 비니 모자와 비슷하다고는 생각했지만, 설마 본인이 산 것을 기억하지 못할 리는 없다고 생각했다.

할머니는 여전히 알쏭달쏭한 표정을 지으며 우리가 건넨 증거물을 가지고 경찰에 신고했다. 신고한 지 20분쯤 지났을까, 경찰이 왔다. 경찰관은 할머니와 CCTV 화면을 번갈아 보며 정말 다른 사람이 사 간 게 맞냐고 물었다. 그 말에 할머니는 잠시 고개를 하늘로 향한 채 이제 알겠다는 표정을 지었다.

"가만 생각해보니 여기 찍힌 사람이 저인 거 같네요. 그런데 카드는 저한테 없으니 잃어버린 건 맞아요. 카드 찾아주세요."

황당했다. 내가 설마라고 생각했던 게 진짜였으니까. 할머니는 자신이 미원을 샀다는 사실을 까맣게 잊고는 다른 사람이 자신의 카드로 샀다고 생각한 것이다. 포인트 또한 할머니가 결제한 체크카드랑 연동되어 있었다.

경찰은 피곤한 표정으로 눈을 한번 어루만지고는 밖으로 나갔다. 할머니도 계산대 앞을 막을 때와 다르게 얌전히 매장을 떠났다.

모두가 떠나고 난 뒤 나는 할머니가 카드를 잃어버렸다고 여긴 것도 본인의 착각일지도 모르겠다는 생각이 들었다.

#편의점 사람들

OPEN

"오늘도 제이에스가 와서 담배를 보루로 샀으니 라
이터 공짜로 달라고 하더라."

"진짜? 아니, 돈 주고 사야지 왜 그 사람들은 공짜로 달래?"

"내 말이. 안 그래도 시급도 낮게 받는데 달라는 대로 다 주
면 난 뭐 먹고 사냐고."

"그래서 못 준다고 했어?"

"못 준다니까, 담배 안 살 거라며 결제 취소해달라더라."

친구에게 라이터를 공짜로 달라는 사람들에 관해 토로했다.
친구는 이해되지 않는다는 반응을 보였다. 몇 년간 일한 나 또
한 도저히 이해되지 않았다.

담배를 보루로 사면서 공짜로 라이터를 달라는 사람들이 꼭 있었다. 보루로 산다고 해서 증정으로 라이터가 따라 나가는 건 당연히 아니다. 라이터 가격만큼을 점포에서 대신 계산하고 손님에게 주는 것이니까. 그런데 손님들은 무상으로 제공되는 줄로 알았다.

S동에서는 보루로 담배를 사는 손님이 라이터를 원할 경우 500원짜리 라이터를 하나씩 끼워 줬다. 손님에게 '서비스'로 나간 라이터는 개수를 체크해서 매일 사장과 교대할 때 전달하면, 사장이 라이터값을 대신 결제하는 식이었다.

S동을 제외하고는 E동에서도, E동 사장의 소개로 일한 P동에서도 라이터를 공짜로 주지는 않았다.

"왜 여기는 라이터를 안 줘요? 다른 데는 다 주는데."

"참 장사할 줄 모르네. 보루로 사면 당연히 줘야지!"

손님들이 떼를 쓰듯이 당연히 내놓으란 식으로 말을 할 때면 곤욕스러웠다.

"라이터는 사장님이 계산하고 드리는 건데, 저희는 그렇게 하지 않아서 저희가 받는 월급에서 까야 해요."

알바생 월급에서 라이터값을 제한다니까 불쌍했는지, 손님

 #편의점 사람들

들 대부분은 알겠다는 듯 수긍했다. 그러나 제이에스 손님은 절대 그런 것에 굴하지 않았다.

"네 시급에서라도 까고 줘야지!"

왜 내가 노동력을 제공하고 받는 돈에서 당신 라이터값을 따로 지불해야 하냐고 반문하고 싶었다. 하지만 "죄송합니다"라는 말을 앵무새처럼 반복했다.

내 돈이 들어가지 않는 거라면 나도 마음 같아서는 달라는 대로 다 주고 싶었다. 500원 때문에 자존감에 상처 입으며 계속 사과하고 싶진 않았다.

끝내 라이터를 주지 않는 나를 벌레라도 보듯 쳐다보고 가는 손님도 있었다.

#편의점 유감

2022년 최저임금이 확정되었다. 2021년 8720원
에서 440원이 오른 9160원. 그러나 나의 최저임금은 여전히
6500원이었다. 최저임금이 인상된다는 소식이 들리자마자 앓
는 소리를 내는 편의점주들 기사가 쏟아졌다.

담합하듯 사이좋게 최저임금을 후려치던 예전과 달리, 수도
권에는 최저임금을 주는 곳이 많다고는 들었다. 물론 지방에는
해당되지 않는 이야기다. '최저'를 챙겨주는 곳은 본사 직영점
이거나, 너무 일이 바빠 엉덩이를 붙일 틈이 없는 극소수 점포
뿐이었다. 지방에서는 당연하게도 대부분 최저보다 더 낮은 임
금을 지급했다.

OPEN

햇수로 5년째 일한 E동의 편의점을 포함해, 투잡으로 P동과 S동 편의점에서도 일했다. 면접을 본 편의점만 해도 열 군데가 넘었다. 편의점 사장들은 하나같이 최저임금을 주기 곤란하다는 표정을 지었다. 결국 나는 그 어느 곳에서도 최저임금을 받지 못했다.

E동에서 받는 시급이 처음부터 6500원이었던 것도 아니었다. 두 번 인상해서 그거였다. 편의점 일을 시작한 2017년 내 시급은 5500원이었다. 2017년 최저임금은 6470원. 2018년이 되자 사장은 500원을 인상했다. 내 시급은 6000원, 최저임금은 7530원. 처음 일할 때 내 시급과 최저임금이 1000원가량 차이 났지만 1년 사이 1530원으로 벌어졌다.

2019년에 사장은 500원을 올려 시급이 6500원이 되었다. 2019년 최저임금은 8350원. 2020년에도 500원을 올려주지 않을까 기대했지만, 코로나가 터졌고 수많은 사람이 일자리를 잃는 상황에서 나는 필연적으로 알아챘다. 사장이 더 이상 임금을 인상하지 않으리라는 사실을.

내 예상대로 사장은 코로나 때문에 너무 힘들다고 했다. 사람을 쓰는 것 자체가 본인의 넉넉한 인심 덕분인 듯 굴면서 시

#편의점 유감

급 인상 이야기를 꺼내지 않았다. 2021년도 마찬가지였다. 임금 인상은 없었고 나는 여전히 6500원을 받고 일했다. 그사이 최저임금은 8590원에서 8720원을 거쳐 곧 9160원을 눈앞에 두고 있었다.

내 시급과 최저임금의 격차가 2660원으로 벌어졌다. 편의점에 처음 발을 디딘 2017년만 해도 그래도 1000원 차이니까 버틸 만하다고 생각했다. 하지만 갈수록 버거웠다. 노동시간을 길게 하지 못했다면 나는 진작 무너졌을지도 모르겠다. 물가가 오르고 최저임금도 오르는데 내 시급만 오르지 않는 기현상. 마음 같아서는 그만두고 싶다는 생각이 하루에도 수십 번씩 맴돌았지만 생계가 걸렸다.

하루에 열 시간씩 한 달에 20일을 일하면 130만 원 정도를 벌었다. 130만 원은 최소 생존 금액이었을 뿐 넉넉하지는 않았다. 사장이 대타 요청을 할 때마다 모든 대타를 다 뛰었다. 말없이 펑크 낸 다른 알바의 빈자리도 메우면서 한 푼이라도 더 벌기 위해 발버둥쳤다.

받는 만큼만 일하고도 싶었다. 사장은 6500원을 지급하면서 8720원어치의 노동을 하길 원했으니까. 하지만 부당한 임금이라도 받지 못하면 당장 굶어 죽을 판이었다. 나는 내가 받는 돈 이상의 노동을 자진해서 할 수밖에 없었다.

20대에는 적게 벌어도 '미래에 좋은 날이 있을 거야'라는 희망이 있었다. 그러나 막상 30대가 되니 희망은 산산조각 나버렸다. 절망만 남았다. 흔히 연애·결혼·출산을 포기한 세대를 일컬어 삼포세대라고 부른다. 오르지 않는 시급 앞에서 마음속으로 물었다. 나는 과연 몇포세대일까.

#편의점 유감

OPEN

사장은 나에게 매일 전화했다. 매장에 들르든 들르지 않던 상관없이 매일. 내가 근무하지 않는 주말을 제외하고는 꼬박꼬박 전화했는데, 문제는 그게 여러 통이라는 것이다.

만약 내가 전화를 즉각 받지 않으면 부재중 전화 목록은 사장 이름으로 도배됐다. 나는 화장실에 가거나, 은행에 가거나, 매장을 정리할 때도 항상 휴대폰을 쥐고 있어야 했다. 한번은 화장실에서 볼일을 보면서 사장 전화를 받기도 했다. 통화가 끝난 뒤 허탈한 웃음이 나왔다. 나는 볼일을 보는 몇 분간도 안심할 수 없는 처지였다.

사장 용건은 대체로 단순했다. 그럴 때면 급한 일도 아닌데 왜 굳이 전화했을까 하는 생각이 들었다. 이미 메신저로 매일 지시하는데 말이다. 통화는 짧더라도 마음이 항상 불편했다. 사장 목소리는 하이톤이라 짜증이라도 낼 때면 내 귀가 멍멍했다. 아침부터 그 목소리를 듣고 나면 "내가 무슨 부귀영화를 누리려고 이러고 있나"라는 말이 절로 나왔다.

가끔 사장 목소리가 더 높이 올라갈 때도 있었다. 주로 월요일이었다. 주말 근무자들이 제대로 정리하지 않아 엉망이 된 매장을 보고는 괜히 나를 책망했다. 어떨 때는 기분이 안 좋은 일이 주말에 있었는지 나에게 짜증을 내거나 하소연하기도 했다. 그럴 때마다 그만두고 싶은 마음이 굴뚝같았다.

사장은 범이 아저씨에게도 자주 짜증을 냈다. 이상하게도 나와 범이 아저씨 말고는 다른 근무자들에게 사장은 아무 말도 하지 않았다.

"요새 애들은 잔소리하면 금방 그만두니까, 니가 그만큼 고생 좀 해라."

우리에게는 그래도 된다는 걸까. 황당했지만 수긍할 수밖에 없었다. 사장이 화를 내건 짜증을 내건 나나 범이 아저씨는 생계가 걸린 터라 쉽게 그만두지 못할 테니까.

#편의점 유감

사장이 낸 짜증 탓에 그만둔 알바가 실제로도 한둘이 아니었다. 범이 아저씨와 나에게 모든 화살을 돌리기 시작한 뒤로 그만두는 알바 비율이 낮아진 것도 사실이었다. 그나마 다행이라고 해야 할까. 아무리 그래도 다른 알바가 실수나 잘못을 했는데 우리에게 화를 낼 때면 나는 비참했다.

　나는 매일 퇴근과 동시에 통화목록을 지웠다. 다음 날이면 다시 사장 이름이 통화목록 최상단을 차지할 테지만.

　일대일 메신저 채팅방도 지우고 싶었지만 삭제할 수 없다는 사실이 안타까웠다. 사장과 메신저를 트고 싶지 않았지만, 전달사항을 짧은 글로 지시하거나 사진을 찍어 보냈기 때문에 어쩔 도리가 없었다. 그렇게 내 삶은 사장 손아귀에 갇혔다.

OPEN

　　추석 연휴가 얼마 남지 않은 때였다. 저녁 근무자가 '잠수'를 탔다. 즐거운 마음으로 퇴근하려 했는데, 아무리 기다려도 저녁 근무자가 오지 않았다. 나는 자연스레 퇴근해야 하는 시간에도 계산대에 서 있었다.

　　근무자들이 말도 없이 잠수 타는 일이 처음은 아니었다. 몇 년간 일하면서 종종 겪어왔던 터라 놀랍기보다는 화가 났다. 분노 게이지가 올라서일까, 온몸에 열이 나더니 더워졌다.

　　혼자서 매장을 지켜야 하는 편의점 근무의 특성상 교대는 아주 중요하다. 다음 시간대 근무자가 오지 않으면, 앞 시간대 근무자는 퇴근할 수 없다. 나는 오전 8시부터 저녁 6시까지 하루에 열 시간을 계산대에 섰지만, 그날은 그 시간이 더 늘어났다. 그나마 점포 두 곳을 운영하는 사장이 다른 점포 일을 마치고 교대하러 와서 다행이었다.

의도치 않게 일을 떠맡은 사장은 잠수 탄 근무자 욕을 해댔다. 정작 그 욕을 들을 당사자는 자리에 없었지만. 대개 잠수 탄 사람들은 그 순간부터 더 이상 출근하지 않았다. 그래서 사장이 자신 욕을 했다는 사실도 모를 터였다.

명절을 앞두고 있어서였을까. 평소에는 구인 공고를 올리면 금방 연락이 왔는데, 그때는 연락이 오지 않았다. 명절에 일하고 싶은 사람은 아무도 없을 테니 말이다. 말도 없이 잠수 타버린 저녁 근무자가 더 야속했다. 그 빈자리는 당장 다음 날부터 나와 야간 근무자인 범이 아저씨의 몫이었다.

24시간을 12시간으로 나누어 오전 9시부터 밤 9시까지는 내가 일했다. 밤 9시부터 오전 9시까지는 범이 아저씨가 맡았다. 나나 범이 아저씨나 12시간씩 일하는 게 처음은 아니었지만 명절에 그렇게 일해야 한다는 게 우울했다.

범이 아저씨가 푸념하듯 내게 말했다.

"명절만 지나고 나가지. 명절에 가뜩이나 물건도 많이 와서 더 힘들고 바쁜데…."

나는 800원짜리 박카스를 하나 사서 범이 아저씨에게 내밀
었다.

"어쩔 수 없죠. 새로 일할 사람이 구해질 때까지는 둘이서
더 고생하는 수밖에요. 빨리 구해지길 바라면서 기운 내요."

기운 내자고 말했지만 정작 나야말로 바람 빠진 풍선 같았
다. 마음 같아서는 나도 푸념을 팔만대장경 읊듯 줄줄 늘어놓
고 싶었다. 일할 사람을 새로 구하더라도 그 모든 인수인계는
나의 몫이었다. 누군가를 가르치는 일은 아무리 해도 익숙해지
지 않았다. 사장은 귀찮은 일이라는 듯 나한테 자연스레 그 일
을 떠넘겼다. 박카스는 사실 내가 마셨어야 했다.

사장은 나와 범이 아저씨에게 그래도 두 사람이 있으니 매
장이 굴러가는 거라고 했다. 내 귀에는 그 말이 "스페어가 있어
서 다행이야"로 들렸다. 누군가가 갑자기 펑크를 내도 나와 범
이 아저씨가 묵묵히 구멍을 메웠으니까. 그렇기에 정말 매장이
굴러가는 걸지도 모르겠다.

#편의점 유감

OPEN

　　범이 아저씨가 아파 며칠간 일을 나오지 못했다. 지난주까지만 해도 괜찮았는데, 주말이 지나고 출근하니 범이 아저씨 대신 다른 사람이 계산대에 있었다. 그때까지만 해도 범이 아저씨에게 뭔가 다른 사정이 있는 줄 알았다.

　범이 아저씨가 아프다는 사실은 사장의 전화를 받고서야 알게 됐다. 매장을 한 바퀴 돌면서 매대와 창고를 정리하고 잠시 앉은 참이었다. 사장에게서 전화가 왔다. 범이 아저씨가 갑자기 아파서 주말에 다른 사람을 급하게 구했다고 했다. 이런 식으로 하면 어떻게 믿고 가게를 더 운영하겠느냐며 사장이 푸념을 늘어놓았다.

실은 얼마 전까지만 해도 사장은 가게를 정리하려고 했다. 그러다 다시 재계약하는 쪽으로 생각을 바꾼 터였다. 아무리 그래도 그렇지, 다른 사정도 아니고 사람이 아파서 못 나오는 걸 꼬투리를 잡다니. 본인이 아파서 못 나오는 날에 범이 아저씨와 내가 12시간씩 나눠서 대타를 뛴 건 생각나지 않는 걸까.

"오늘 몸이 너무 안 좋아서 그러는데, 일 못 하겠다. 너랑 아저씨랑 12시간씩 나눠서 일 좀 해줘야겠다."

사장의 갑작스러운 통보는 당황스러웠다. 나와 범이 아저씨에게는 사장의 일방적인 말을 거절 할 수 없는 힘이 없었기 때문에 우리는 아픈 어깨와 허리를 두들기며 12시간씩 일했다.

어쩌면 사장은 핑계가 필요했던 걸지도 모르겠다. 가게를 더이상 운영하지 않을 구실이. 이런 생각이 들자 지난 시간이 머릿속에 파노라마처럼 펼쳐졌다. 수많은 대타, 단 한 번도 쉬지 못한 명절과 공휴일. 어느새 사장에게는 '대타'가 우리가 당연하게 해주어야 할 일이 되어버린 걸까. 항상 빠짐없이 해주었기에 우리는 아프지도 않는 강철이라고 생각하는 걸까.

문득 단단히 체해서 하루 종일 토하며 일하던 날이 떠올랐다. 체기가 내려가지 않아 내내 속이 울렁거렸다. 자리를 오래

#편의점 유감

비울 수 없어 계산대 구석 바닥에 쪼그려 앉아 비닐봉지에 대고 속을 게워냈다. 혼자니까 어쩔 수 없다고, 나 자신을 납득시키면서 일했다.

그날이 떠오르자 나는 범이 아저씨가 아픈 게 더 안쓰러웠다. 사장은 "일하기 싫냐"라는 말로 우리 생계를 목줄 쥐듯 쥐고 있었다. 4대 보험도 들지 못한 나와 범이 아저씨에게는 병가도, 연차도, 월차도, 반차도 없었다. 오직 기계처럼 정해진 시간에 일해야 할 뿐이었다. 우리는 함부로 아플 수 없었다.

OPEN

김희준 시인의 유고 시집《언니의 나라에선 누구도
시들지 않기 때문,》(문학동네, 2020)에는 〈싱싱한 죽음〉이라는 제
목의 시가 있다. 〈싱싱한 죽음〉은 편의점을 배경으로 한 시다.
편의점 알바를 하고 있기 때문인지 소재가 흥미로워서 자연스
레 눈길이 멈추었다.

　　싱싱하게 죽어 있는 편의점에는 이름만 바꿔 찍어내는 상품이
　　가지런하고
　　형편없는 문장을 구매했다 영수증에는 문단의 역사가 얼마의
　　값으로 찍혀 있다

편의점에는 매일 새로운 상품이 입고된다. 때로는 '리뉴얼'이라며 이름만 바꾼 상품이 다시 입고되기도 한다. 시인이 말한 것처럼 영수증에는 형편없는 문장이 숫자로 매겨져 가격이 찍혀 있다.

시를 읽고 난 뒤 나는 바코드를 찍을 때마다 물건을 파는 게 아닌 숫자를 파는 것 같았다. 원래는 식물이었을지도 또는 동물이었을지도 모를 그 모든 것들의 숫자를. 그것들은 가공되고 또 가공되어 신선식품을 진열하는 오픈형 냉장 매대에 놓였다. 이름 대신 각기 다른 제목을 달았고 바코드로 찍힌 숫자를 가졌다.

삐빅 - 하는 소리와 함께 숫자를 스캔하면 포스기 모니터에는 이름 대신 가격이라는 또 다른 숫자가 떴다. 나는 그 숫자를 손님에게 불러줬다. 내가 불러주는 숫자를 들은 손님은 자신이 가진 숫자를 내게 내밀었다. 플라스틱 카드, 종이 지폐, 금속 동전으로 치환된 숫자들.

숫자는 금액에만 있는 게 아니었다. 유통기한에도 낙인 같은 숫자가 찍혔다. 나는 숫자를 정리하고 판매했다.

온통 숫자로 가득 찬 편의점 매대를 바라보았다. 매대 위에는 수많은 상품이 숫자로 매겨져 누군가의 손길을 기다렸다. 숫자로 가득 찬 시간을 보내고 나면 나는 월급이라는 이름의 또 다른 숫자를 얻었다. 그 숫자들은 내가 삶을 살아갈 수 있게 했다.

　나는 그 숫자를 얻기 위해 매일 아침 정해진 숫자의 시간에 일어나고 정해진 숫자만큼 일하며, 하루 24시간으로 이루어진 숫자를 빼곡히 채워 나갔다.

세상이 빠르게 변하는 걸 실감하게 하는 기계 가운데 하나가 '키오스크'다. 몇 년 전까지만 해도 드문드문 보이던 키오스크를 어느새 일상에서 흔히 찾아볼 수 있다. 이제 꽤 많은 가게에서 키오스크를 들여놓은 터라 손님이 '셀프'로 계산하는 모습이 딱히 어색하지 않다.

키오스크가 생긴 뒤로 무인 편의점이 속속 생겨났다. 주간에는 사장이나 알바생이 가게를 지킨다. 무인 편의점은 주로 야간에만 운영된다. 야간 근무자를 구하기 어렵거나 인건비를 조금이라도 아끼기 위해서다.

무인 편의점은 입구에 설치된 출입인증 장치에 신용카드나

OPEN

체크카드를 넣거나 휴대폰 페이 시스템으로 인증받으면 들어
갈 수 있다.

　처음 무인 편의점에 들렀을 때 계산대에 사람이 없는 게 너
무 낯설었다. 여러 차례 이용하면서는 보기보다 편리하다는 생
각도 들었다. 다만, 성인 인증이 필요한 술이나 담배 같은 물품
은 무인 편의점에서는 구매할 수 없었다.

　어느 여름 안동에 갔을 때 처음으로 무인 편의점을 이용했
다. 깊이 잠들고 싶어서 숙소에 들어가기 전 산책을 하다 보니
목이 말랐다. 열대야를 동반한 7월의 밤은 몹시 무더웠다. 갈증
을 풀 무언가가 필요했다. 마침 근처에 편의점이 있었다. 무인
편의점이었다.

　사람 대신 덩그러니 셀프 계산대만 놓인 공간을 보자 낯설
었다. 내가 들어선 순간 이곳은 '유인' 편의점이 되었을까. 낮
의 편의점과 달리 밤에는 노래조차 흐르지 않아, 나의 인기척
외엔 냉장고와 냉동고 팬 돌아가는 소리만 정적을 메우고 있었
다. 아무도 없는 편의점에는 성인 인증이 필요한 맥주와 담배
매대는 블라인드로 가려져 있었다. 시원한 맥주가 당겼지만 살
수 없어서 대신 갈증 해소 음료와 간식거리를 샀다. 매일 포스

기를 다루는 일을 하는지라 셀프 계산이 딱히 어렵지 않았다.

　계산한 뒤 '유인' 편의점을 빠져나왔다. 문이 닫히자 인기척이 사라졌다. 다시 그곳은 '무인' 편의점이 되었다.

OPEN

———— 불이 꺼진
편의점

불 꺼진 편의점 계산대를 지키고 있어본 사람이 있을까. 아마 전국의 수많은 편의점 알바도 겪지 못했을 테다. 수년간 일해온 나 또한 그때가 처음이었으니까.

한전에서 전기계량기를 교체해야 한다며 찾아왔다. 계량기를 교체할 동안 가게의 모든 전기가 나가고 정전 상태가 될 거라고 했다.

"교체하는 데 오래 걸리나요?"

"그렇게 오래는 안 걸리고요, 잠시면 됩니다."

오래 걸리지 않아 천만다행이었다. 전기가 나가면 포스기를 쓸 수 없을뿐더러 매장이 컴컴해서 손님을 받을 수도 없었다.

탁탁거리는 둔탁한 소리와 함께 전등부터 시작해 냉장고, 냉동고, 스피커가 꺼졌다. 포스기는 미리 꺼두었다. 냉장고와 냉동고 팬 소리가 일제히 멈추자 편의점은 적막한 공간이 되었다. 이곳이 이렇게 조용한 공간이었나 싶을 정도였다. 이곳에서 몇 번의 겨울을 보냈지만 그 순간은 이 공간이 너무도 낯설었다.

불빛 없는 편의점 실내는 낮이었지만 해질녘 같았다. 출입문 사이로 새어 들어오는 햇빛만이 유일한 빛이었다. 매대에 놓인 물건 위로 내려앉은 어둠이 고요했다. 마치 영화 〈박물관이 살아있다〉에 나오는, 밤이면 살아 움직이는 유물처럼 과자가 살아 움직일 것 같았다. 문 밖에서 길을 지나가는 아이들 소리가 들렸다.

"편의점 불 다 꺼졌다. 오늘 안 하나 봐."

나는 그림자처럼 계산대 의자에 웅크려 앉아 다시 전기가 들어오기를 기다렸다. 잠시면 된다고 했는데, 어둠 속에 홀로 있으려니 시간이 더디 흘렀다.

얼마나 지났을까. 불이 꺼질 때처럼 탁탁 소리가 들렸다. 하나둘 전등이 켜졌다. 냉장고와 냉동고도 우웅- 소리와 함께 다

시 팬을 돌렸다. 스피커에서 음악이 흘러나왔다. 포스기와 커피머신은 끌 때처럼 수동으로 켰다. 시계를 보니 10분 정도 흘렀다. 전기기사의 말대로 정말 잠시였다.

불이 켜지자 기다렸다는 듯이 손님들이 들어왔다. 10분간의 정적이 그리웠다.

#편의점 유감

OPEN

2017년 9월부터 2022년 1월까지. 햇수로는 5년, 정확하게는 4년 5개월가량 편의점에서 일했다. 많은 사람이 버스 정류장처럼 임시로 여기며 일하는 편의점에서 정말 오래 일했다. 그래서인지 단골손님들이 "오래 일하시네요?"라고 말할 때마다 괜히 멋쩍었다. 나조차도 4년이 넘는 시간 동안 편의점에서 일할 줄은 전혀 알 수 없었으니까.

편의점에서 오래 일하게 될 거라고 과거의 내가 알았다면 무슨 반응을 보였을까. 아마도 반응은 하나일 듯했다.

"너 거기서 엄청 오래 일해. 그냥 몇 달만 일하고 나와! 해가 바뀌어도 최저도 안 줘!"

과거의 나에게 이 말을 했다면 나는 금세 편의점을 그만두었을 거다. 애석하게도 과거의 나는 현재를 알 수 있는 능력이 없었다. 현재의 나 또한 미래를 알 수 없으니, 마찬가지지만.

그렇다고 시간을 되돌린다고 해도 별반 상황이 달라지지는 않았을 것 같다. 달라질 수 있었다면 이제까지 당한 모든 갑질과 부당함을 진작에 노동청에 신고했겠지. 불행하게도 나는 타인과 불편한 상황이 조금이라도 생기는 것을 죽기보다 싫어한다. 정해진 시각에 일하고 잠을 자는, 생활계획표 같은 삶을 편안하게 느낀다.

글을 쓸 때도 마찬가지다. 올해는 어떤 형식의 글을 쓰겠다고 연간계획을 미리 짜놓는다. 그 계획에 맞추어서 매달 취재하고 답사 다니고 글을 썼다. 그렇게 하지 않으면 불안했다.

계획의 노예처럼 지독하게 움직인 덕분일까, 편의점에서 일하기 전에 책을 한 권 냈다. 시간이 흘렀고 그사이 두 권을 더 냈다. 시간으로 계산하자면 2년에 한 권꼴로 책을 낸 셈이다. 책을 출판할 때마다 기대하지 말아야지 하면서도 마음이 부풀었다. 이번에는 책이 좀 잘돼서 알바를 그만둘 수 있지 않을까.

현실은 냉정했다. 알바를 그만두는 건 길을 걷다가 1등에 당첨된 로또 용지를 줍는 일만큼이나 어려운 듯했다. 나는 매번 '이번에도 적당히 망했구나' 생각했고, 출근을 준비했다.

아예 쫄딱 망하는 게 아니라 적당히 망하는 건 희망고문과 같았다. 책으로 생계를 꾸리지는 못했지만, 책이 나올 때마다 미미하게나마 내가 글을 쓴다는 사실이 세상에 알려졌기 때문이다.

아무리 천천히 계단을 올라도 언젠가는 옥상에 닿게 마련이다. 그런데 지금 내 속도는 63빌딩 지하를 벗어나지 못한 형국이다. 그래서 나는 더 이상 기대하지 않기로 했다. 이번 생은 전업 작가가 되지 못할 것 같지만, 그러면 뭐 어때. 이런저런 생각을 옆으로 밀어내며 나는 바코드를 찍었다.

직업에는 귀천이 없다는데…. 첫 책을 내고서 얼마
안 돼 편의점 일을 시작했다. 그때만 해도 다음 책을 내고 나면
주머니 사정이 나아질 줄 알았다. 그런데 두 번째 책을 내고 난
뒤에도 상황이 전혀 나아지질 않았다. 세 번째 책을 내고 난 뒤
에도 마찬가지였다. 여전히 나는 글로는 돈을 벌 수 없다.

처음 만나는 사람들이 내 직업이 무엇인지 물을 때가 있다.
그때마다 글을 쓴다고 대답하지만 마음 한구석에는 의문이 메
아리쳤다. 글 쓰는 일로 먹고살지도 못하는데 이걸 직업이라고
할 수 있을까?

나는 오랫동안 편의점에서 일해 생계를 꾸렸다. 취재비와 답

사비도 편의점 알바로 벌어서 충당했다. 지인들은 이 사실을 아는지라, 나는 지인들에게는 당당하게 나의 노동에 관해 이야기했다. 하지만 잘 모르는 사람들이 내 밥벌이를 물어올 때면 여러 감정이 휘몰아쳤다. 편의점 아르바이트는 내 생계를 책임져줬지만, 정작 글을 쓰는 본업으로는 돈을 벌지 못한다는 점이 늘 부끄러웠기 때문이다.

'작가'라고 말했을 때 호기심에 빛나던 눈동자들이, '편의점'이라는 단어가 나왔을 때 측은함으로 바뀌는 장면도 자주 보았다. 모든 노동은 숭고하다는데, 그 눈빛들 앞에서 나는 작아져야 했다. 편의점 알바가 결코 부끄러운 일이 아니지만, 이상하게도 대답하고 나면 나는 쥐구멍에라도 들어가고 싶었다.

얼마나 많은 시간이 흘러야 나는 아무렇지 않게 웃으며 내 밥벌이를 말할 수 있을까.

OPEN

직업에는
귀천이 없지만

24HOURS

밤새 환한 불빛 꺼지지 않는

날 반기는 저 간판

술이나 한잔하고 자야지

오늘도 고생 많았다

삼각김밥, 라면 하나

사는 게 다 그런 거지

홀로 가는 내 인생 위로하네

우리 동네 편의점

가수 이찬원이 부른 〈편의점〉(사마천 작사)이라는 곡이다. 제

#편의점 유감

목처럼 가사도 편의점에 관한 것이다. 이 노래를 들을 때마다 삼각김밥과 컵라면을 주식으로 삼았던 20대 초반이 떠올랐다.

나는 부산에서 대학을 다녔다. 대학교 후문 근처에서 자취했는데, 말이 자취지 하숙에서 밥만 주지 않는 것과 별반 다름없었다. 1층에는 화장실, 부엌, 거실, 주인 할머니 방이 있었다. 현관에서 오른쪽 옆으로 난 계단을 따라 올라가면 2층에 방이 하나 더 있었다. 2층 방 한 칸이 오롯한 내 공간이었다. 화장실과 부엌은 주인 할머니와 함께 사용해야 하는지라 늦은 시간에는 쓰기가 곤란했다.

어느 해 겨울 방학이었다. 그 시기 나는 밖에 웬만해선 나가지 않았다. 찬 공기가 가득한 방에 유일한 온기는 이불 밑에 깔아둔 전기장판뿐이었다. 나는 이불 속에 매일 웅크려 있었다. 미래가 전혀 보이지 않아 불안감이 가득하던 밤, 생각이 너무 많아서 잠이 오지 않아 지새운 시간이 참으로 길었다.

공교롭게도 밤이 되면 배가 고팠다. 낮에는 내내 잤기 때문에 깨어 있는 밤에 배가 고픈 건 당연한 일일지도 몰랐다. 허기를 달래기 위해 나는 편의점으로 향했다.

온 동네가 정적만 흐르는 깊은 밤에도 편의점만큼은 밝았다.

꺼지지 않는 촛불처럼 밝게 타오르던 편의점 불빛을 마주할 때면 안도감이 들었다. 딸랑이는 풍경 소리와 함께 문을 열고 들어서면, 애니메이션 〈아따맘마〉의 캐릭터를 닮은 사장이 졸다가 깼다.

"어서오세요."

나는 제일 먼저 삼각김밥을 고른 뒤, 컵라면 매대에서 잠시 고민하다가 육개장 사발면을 집어들었다. 사장은 졸린 눈을 비비며 느릿느릿 바코드를 찍었다. 그는 항상 네이비색 MLB 야구 모자를 쓰고 있었다. 자주 보다 보니 나중에는 모자가 머리의 일부처럼 느껴졌다.

사실 내 패션도 사장만큼 일관성 있었다. 검정색 바람막이에 흰 후드티를 입거나, 후드티를 입지 않은 날에는 비니나 캡모자를 썼다.

방에 돌아와 커피포트에 물을 끓여 컵라면과 삼각김밥을 먹었다. 그제야 허기가 가셨다. 기분도 약간은 나아진 듯했다. OPEN

어두운 골목을 걸을 때 저 앞에 비치던 등대 같은 편의점 불빛. 이 도시에서 나만 잠들지 못한 게 아니라는 생각이 위로가 되던 밤. 이제는 반대로 내가 등댓불을 밝혔다.

───── 오늘 해고를
통보받았습니다

내 인생 가장 최악의 해고는 P동 편의점에서 일하던 때에 일어났다. 사실, 그건 내가 일하며 처음 겪은 해고였다. 이제껏 나는 단 한 번도 해고를 당한 적이 없었다. 내 발로 그만두고 다른 일을 찾아 떠났으니까.

나는 평일 오전부터 오후까지 P동 편의점에서 일했다. 어느 주말이었다. 사장에게 전화가 왔다. 인건비가 많이 들어서 더 이상 사람을 쓰지 못할 거 같으니 월요일부터는 나오지 않아도 된다고.

청천벽력과도 같았다. 얼굴을 맞대고 들어도 갑작스러울 해고를 전화로 통보하다니. 시간을 두고 미리 말해줬더라면 이해

#편의점 유감

했을 수 있다. 최소한 다른 일자리를 찾아볼 시간이라도 있었을 테니까.

그러면서도 사장은 미안하다는 말 한마디가 없었다. 가장 일이 바쁘던 시기에는 나더러 경력자니까 바로 나와서 일해 줄 수 있냐고 하더니⋯. 매일 교대시간에 30분 이상 지각을 3개월가량 상습적으로 반복하더니⋯. 물건 발주를 매일 아침마다 나에게 전화를 걸어 '원격'으로 전부 다 시키더니⋯. 이렇게 사람을 헌신짝처럼 버릴 줄이야⋯.

마음이 헛헛했다. 전화로 해고를 통보받았을 때 나는 타지에서 온 친구와 함께 버스 정류장에 서 있었다. 당황함이 가득한 내 눈앞으로 우리가 타지 못한 버스가 여러 대 지나갔다.

P동에서 네 달을 일했다. 세 달가량 사장은 교대시간에 늦게 왔다. 5분, 10분도 아니라 30분이 기본이었다. 30분 동안의 내 노동에 대한 임금은 전혀 지급되지 않았다. 추가 근무는 한 시간 단위로만 지급되었다. 나는 차라리 사장이 늦을 거면 한 시간을 채워서 오길 바랐다. 가끔 교대시간에 맞춰서 사장이 오

는 날에는 기적이 일어난 것 같았다. 고장 난 시계도 맞을 때가 한 번씩 있다더니, 사장이 딱 그랬다.

그러다가 사장은 30분을 넘어 한 시간가량 늦어지는 일이 잦아졌다. 어느 날부터는 대놓고 "오늘 3시까지 해"라고 통보했다. 내 퇴근 시간은 2시였는데 제시간에 일을 마쳐본 적이 손에 꼽을 정도였다.

사장은 처음에는 강요하듯 말하지는 않았다.

"오늘 3시까지 해줄 수 있냐?"

계속 내가 대타를 뛰어주자 사장 말투는 '해줄 수 있냐'가 아닌 '해라'로 바뀌었다. 나중에는 두세 시간 대타를 요구했다. 나는 혹시라도 거절하면 일자리를 잃을까 싶어서 수락해야 했다. 대타를 뛰고 난 뒤 E동에서 또 일하고 밤에 집에 오면 하루 노동시간이 열세 시간을 훌쩍 넘겼다.

해고 통보를 받기 한 달 전쯤이었다. 나는 견디다 못해 결심했다. 도저히 이렇게는 못 산다고. 앞으로도 계속될 나의 30분 노동에 대한 대가를 받아내야겠다고.

"사장님, 혹시 이제부터 일이 있어서 30분 이상 늦게 오시게 되면 미리 알려주세요. 아예 제가 한 시간을 더 할게요. 한 시간 더 일한 만큼 시급 더 주세요."

"어, 그래도 되지. 알겠어."

'공짜 상습 지각'을 대놓고 하지 못해서였을까, 내 말을 들은 사장은 떨떠름한 표정으로 알겠다고 했다. 그리고 정확히 한 달 뒤 인건비를 핑계로 나를 잘랐다. 그때까지 내가 받지 못한 30분이, 30분의 노동이 그대로 쓸려가 버렸다.

당장 가장 큰 수입원이 사라져 반백수가 되어버린 판국이라 앞이 막막했다. E동에서는 많이 벌어봤자 한 달에 40만 원 정도였다. P동을 오가는 차비를 제하고 나면 30만 원 정도가 남을 뿐이었다.

친구와 함께 도착한 호수는 그날따라 유난히 맑고 반짝였다. 홀린 듯 눈앞에 보이는 호수에 몸을 깊숙이 담그고 싶었다. 타지에서 온 친구에게 밥 한 끼도 마음 편히 사 줄 수 없는 현실이 마음에 걸렸다. 친구는 자기가 계산할 테니 걱정하지 말라며 호방하게 웃었지만 나는 차마 웃을 수가 없었다.

P동에서 일방적으로 해고당한 뒤 나는 열 군데가 넘는 편의점에 알바 면접을 보았다. 대부분의 편의점은 내가 경력자여서 솔깃해했지만, 이력서에 적힌 주소를 보고는 집이 멀다는 이유로 나를 채용하지는 않았다. 하루라도 더 빨리 어디에서라도 일을 해야 했다. E동에서 일하는 것만으로는 생계를 유지할 수가 없었다.

그러다가 S동 편의점 면접을 보았고 바로 채용되었다. 일자리를 구했다는 기쁨도 잠시였다. S동 편의점 점장은 '스크루지'를 연상케했다. 푹푹 찌는 찜통에도 에어컨을 계속 틀지 못하게 했다. 그마저도 오래된 에어컨이어서 온도를 한껏 높이고 에어컨 가까이 가야만 찬바람이 나온다는 걸 느낄 수 있었다.

에어컨은 스탠드형으로 매장 한쪽에 있었다. E동 편의점에 비해 매장 규모가 두 배였지만 오래된 에어컨 하나로 매장 전체를 지탱했다. 에어컨이 잔뜩 버거워 보였다. 제 한 몸 건사하기도 힘들 정도로 소음이 많이 났다.

계산대까지 에어컨 바람이 닿지 않아 계산대는 흡사 비가 오지 않는 건기의 동남아 같았다. 혹시 선풍기가 있냐고 점장에게 물었더니, 점장은 더우면 잠시 에어컨을 켜라고 했다. 에어컨으로도 충분하다고. 대신 하루 종일은 돌리지 말고 더울 때 땀만 식힐 정도로만 틀라고. 이해할 수 없었지만, 어렵게 구한 일자리를 잃고 싶지 않아 점장의 말을 따랐다. 정말 궁금했다. 에어컨을 켜도 계산대에는 바람이 오지도 않는데, 점장은 대체 이곳에서 여름을 어떻게 버티는 걸까.

얼마 뒤였다. 나는 점장이 여름을 날 수 있는 이유를 알게 되었다. 점장은 창고에 몰래 선풍기를 숨겨두고 혼자 쓰고 있었다. 충격이었다. 다른 근무자들에게 선풍기가 있다는 사실을 알리지 않은 이유가 무엇일까. 종일 선풍기를 튼다고 해서 전기세가 폭탄으로 나오는 것도 아닌데.

그게 끝이 아니었다. 치킨튀김기가 있는 곳에는 기름 냄새가 잘 빠지도록 환풍기가 설치되어 있었다. 어느 날 환풍기가 고장이 나, 본사를 통해 수리기사에게 문의했더니 4만 원이 든다고 했다. 나는 점장에게 환풍기가 고장 났고 수리비가 4만 원이라고 전했다. 점장은 돈이 드는 거라면 수리하지 않아도 된다고 했다. 환풍기가 없어도 당장 불편한 게 없지 않느냐고.

에어컨에 이어 환풍기까지, 점장이 그렇게까지 구두쇠처럼 굴 줄은 몰랐다. 고장 난 환풍기 탓에 치킨을 튀길 때면 매장 문을 항상 열어두어야 했다. 한겨울에는 너무 추워 문을 열고 닫기를 반복했다. 문을 열어도 치킨 냄새와 기름 냄새가 완전히 빠지지 않아 괴로웠다.

시스템도 이해할 수 없는 것 투성이었다. 하루에 한 번도 아닌 매 교대 때마다 200여 종의 담배 재고를 확인했다. 수기로 공책에 출근부를 작성했고, 물건을 폐기할 때도 바코드를 찍지 않고 수기로 공책에 적었다. 모든 게 수기로 굴러갔다.

대타 문제도 엉성했다. 다른 근무자가 사정이 생겨 못 나온다고 하면 곧장 대타를 구해야 함에도 점장은 그러지 않고 당일에 아무에게나 연락해 일을 맡겼다.

#편의점 유감

그런데 '끝판왕'은 따로 있었다. 야간에 일하는 점장은 자신의 시간대에 들어온 물건을 정리하지 않고 주간 근무자에게 모두 넘겨버렸다. 나는 물건 정리 때문에 30분씩 일찍 출근해야 했다. 그만큼 돈을 더 받지는 못했지만 어쩔 수 없었다. 점장이 정리를 안 했으니까.

근무조건이 열악하더라도 시급이라도 잘 챙겨준다면 할 말이 딱히 없다. 그런데 시급을 E동과 동일한 6500원을 지급했다. 내가 일한 다섯 달 동안 알바가 열 명 넘게 바뀌었다. 내가 가장 오래 일한 사람이었다는 점에서 나 자신에게 박수라도 쳐주고 싶다.

그래도 다 참고 넘겼는데 '끝판왕'보다 더 '끝판왕'이 있었다. 점장은 어느 날부터 자꾸 야간 근무는 내가, 주간 근무는 자신이 하겠다고 했다. 다른 건 다 참았지만 이것만큼은 참을 수 없었다. 분명 나는 주간 근무로 구직했는데, 야간에 근무하라니! 야간 알바를 내가 쉽게 구할 수 있었다면 이미 다른 곳에서 일자리를 구했을 것이다. 야간 근무 면접도 보았지만, 내가 남자가 아니라는 이유로 위험하다고 쓰지 않았으니까.

내가 야간 근무를 거절했기 때문인지는 모르겠다. 점장은 점점 더 교대시간에 늦게 왔다. 지각하지 않는 날이 드물어질 때쯤 나는 그만두어야겠다고 결심했다.

마침 E동 편의점에서 근무시간을 하루 열 시간으로 늘려줄 테니 생각이 있냐고 물었다. 나는 흔쾌히 그러겠노라고 했다. 다음 날 나는 바로 점장에게 일을 그만두겠다고 말했다. 점장은 알겠다고 하면서도 며칠이 지나도 채용 공고를 올리지 않았다. 내가 몇 번이나 재촉하고 애원한 끝에야 공고를 올렸다. 다행히 새 알바는 공고를 올린 그날 바로 채용됐고, 나는 S동 편의점을 떠났다.

1970년 11월 13일, 스물두 살의 젊은 청년 전태일
이 근로기준법 준수를 외치며 근로기준법 법전과 함께 타올랐
다. 자신의 죽음을 헛되이 하지 말라는 말을 남긴 전태일 열사.
그로부터 50년이 훌쩍 지났지만, 지금 세상을 그는 어떻게 생
각할까.

2020년 3월 코로나19 사태 초기였다. 점장은 인건비를 줄인
다며 자신이 일하는 시간을 늘리고 멋대로 내 근무시간을 줄였
다. 그러고는 아는 사람이 운영하는 곳이라며 P동 편의점을 나
에게 소개했다.

P동은 집에서 버스를 타고 한 시간 넘게 왕복해야 했다. 그

래도 시급이 8000원에 근무시간도 아침 8시부터 오후 2시까지여서 부담이 없었다. 6시간 일하고 집에 오면, 식사하고 잠시 쉬다가 저녁 무렵에는 E동으로 넘어갔다. 일을 이어 하면 넉넉하지는 않아도 살아갈 수 있을 정도의 돈을 벌 수 있었다.

가끔 사장이 물었다. P동에서 일할 만하냐고. 그가 묻는 의도를 모르지는 않았다. 자기보다 월등히 많은 시급을 주는 편의점이라 어떤 식으로 굴러가는지 캐보려는 수작이었다.

"거기는 너무 시급을 많이 줘. 그렇게 주면 인건비가 만만치 않겠는데. 내가 하면 그렇게 안 할 텐데."

많이 준다니! 최저시급도 못 받는데 어째서 사장은 너무 많다고 말할 수 있을까. 2020년 기준 최저시급은 8590원이었다. 대부분 점포가 최저시급마저 제대로 주지 않는 편의점 업계에서 8000원 시급은 그나마 나쁘지 않은 금액일 뿐이었다.

사장이 그따위 말을 하는 건 무슨 생각에서였을까. '고작 6500원 주는 당신이 할 소리냐!'는 말과 함께 영화 속 주인공처럼 쿨하게 사직서를 내밀고 싶었다. 하지만 내가 발 디딘 현실에서는 불의를 참아야 하는 삶이 매일 펼쳐졌다.

시급이 낮아도 일하려는 사람이 많다는 게 사장 주장의 근

　　　　　　　　#편의점 유감

거였다. 딱히 일자리가 없어서 오는 사람이 많기는 했지만, 대부분 짧게는 한 달에서 길게는 세 달 정도 일하고 그만뒀다. 일하며 공부할 수 있는 '꿀알바'인 줄 알고 착각하고 들어온 대학생들은, 생각보다 높은 업무 강도에 오래 버티지 못하고 도망가기 일쑤였다. 나도 그만두고 싶은 생각이 매번 들었다. 다만 조금만 더 버티자고 다짐한 시간이 쌓여서 수년이 되었다.

사실 나 같은 '생계형 비정규직 노동자'는 몸이 아파도 쉬지 못한다. 아프다고 말하는 순간 다른 사람으로 대체될 확률이 높다. 불안정한 고용 환경 속에서 몸이 아파도 쉬지 않고 일해야 하는 이들에게 '아프면 쉬라'는 말은 '영영 일하지 말라'는 말과 같다. 몸살이 나서 온몸이 불덩이가 된 적이 여러 번이었다. 그래도 일을 빠져본 적이 없었다. 아픈 몸으로 일하는 게 쉽지 않지만 오로지 살기 위해 일했다.

한번은 몸살로 온몸이 핫팩처럼 뜨끈뜨끈했다. 5분에 한 번 꼴로 매장 바닥에 주저앉았다. 매대 정리를 하다가 주저앉았고, 계산을 해주고는 주저앉았다. 집에서 쉬어야 정상이었지만 그럴 수 없었다.

사장은 자신은 나이가 들어서 온몸이 쑤시지만, 너는 젊으

니까 괜찮지 않냐는 식으로 늘상 말했다. 나도 사람인지라 아
프지 않을 수 없다. 젊음과 상관없이 아픈 건 아픈 거라고 대답
했더니, 적반하장으로 젊은 사람이 아픈 건 자기관리를 제대로
하지 않아서란다.

그런 사장 앞에서 나는 아파도 일을 쉴 수 없었다. 혹 다른
근무자가 아파서 나오지 못할 때면 사장은 나에게 전화해서 대
타를 맡기고는 아픈 사람 욕을 해댔다. 진절머리가 났다. 만약
내가 아파서 일을 쉬면 사장은 뒤에서 내 욕을 얼마나 많이 할
까. 어느새 나는 아프지 말아야 하는 사람이 되었다.

OPEN

한 번씩 사장이 할 이야기가 있다고 할 때면 마음
이 덜컥 내려앉았다. 할 이야기가 있다는 말은 100퍼센트 좋은
뜻이 아니었다. 그날도 그랬다. 근무시간을 조정하거나 가게를
접을 거라는 말 가운데 하나였기 때문이다.

5년간 나는 E동 편의점에서 일하며 곧잘 공포에 떨었다. 언
제 일자리를 잃을지 모른다는 불안감 탓이었다. 최저시급을 주
지 않았으니 근로계약서를 썼을 리도 만무했다. 당연히 4대 보
험도 들지 않았다. 4대 보험을 요청하면 들 수는 있겠지만, 그
러면 쥐꼬리만 한 월급이 더 줄어드니 4대 보험은 꿈도 꿀 수
없었다.

근무시간은 몇 달 간격으로 탄력적으로(사장에게는 탄력적이지만 나에게는 비탄력적으로) 계속 바뀌었다. 그럴 때마다 온 세상이 우울한 파란빛으로 물드는 느낌이었다. 근무시간이 네 시간 정도로 줄었던 2020년에는 다른 편의점에서도 일하면서 겨우 생계를 이어갔다.

일하는 것도 싫었지만, 일하는 것보다 일자리를 잃는 게 더 싫었다. 악착같이 일했다. 당장 일하지 않으면 월세, 공과금, 학자금 대출, 휴대폰 요금에 생활비는 물론이고, 답사나 취재를 다닐 수도 없었다. 글을 쓰는 데는 돈이 들지 않는다고 믿는 사람도 있겠지만, 시대가 바뀌었다. 숨을 쉬고 살아가는 데도, 글을 쓰는 데도 돈이 든다.

단 한 번도 남의 손을 빌리지 않고 혼자 힘으로 살아왔다. 가족에게도 손을 벌린 적이 없다. 직접 땀 흘려 노동해 번 돈으로 모든 걸 해결하며 산다는 사실이 나는 항상 떳떳했다. 그런데 사장 말 한마디에 모든 게 도미노처럼 무너지려 했다.

"본사에서 권리금도 올려달라 하고, 나도 힘들어서 연말까지만 하고 내년엔 가게 하나만 하고, 이 가게는 운영하지 않으려고 해."

도대체 뭐가 힘들다는 걸까. 본인은 발주만 하는데. 이 점포의 업무는 내가 다 도맡아 하는데. 사장은 점포를 두 군데 운영했다. 다른 곳에서는 낮 시간에 사장이 일했다. 이 점포는 내가 아침부터 저녁까지 하루 10시간을 일하며 은행 업무를 포함해 모든 걸 도맡았다. 사장이 하는 일이라고는 고작 물건 발주뿐이었다.

그 상황에서 내가 할 수 있는 말은 아무것도 없었다. 갑작스러운 통보에 말문이 턱하고 막혔으니까. 연말까지는 고작 세 달 남았다. 범이 아저씨와 나는 이듬해에는 실직자가 될 판이었다. 운이 좋아서 다른 사람이 가게를 넘겨받는다면 이 상황을 모면할 수도 있겠지만, 그건 요행이었다.

실직하더라도 4대 보험에 들지 않아 실업 급여를 받을 수도 없었다. 세 달 뒤 범이 아저씨와 나는 어떤 기로에 서 있을까. 어쩌면 우리는 더 빨리 떠났어야 했다. 너무 이곳에 오래 있었다. 그 사실을 곱씹자 씁쓸했다. 이대로 공간이 사라지면 우리도 사라지고, 우리 존재도 지워질 것 같았다.

12월 8일. 내가 태어난 날이다. 이상하게도 생일과 쉬는 날은 좀처럼 겹치지 않았다. 새벽에 알람 소리와 함께 눈을 뜨자마자 '오늘은 진짜 일하러 가기 싫다'라는 생각이 머릿속에 빼곡하게 들어찼다. 그러나 월차도, 연차도, 반차도 없는 비정규직 노동자에게는 선택권이 없었다. 오직 출근밖에는.

여느 때와 다를 바 없이 찬바람이 쌩쌩 부는 아침 일찍 출근했다. 겉에는 롱패딩을 걸쳤고, 안에는 두꺼운 니트를 입었지만 그날따라 날씨가 더 추웠다. 기분 탓인가 싶었지만 날씨 어플을 보았더니 진짜 추운 게 맞았다.

내가 태어난 날 가장 바랐던 건, 제이에스 손님을 마주하지 않는 일이었다. 일하는 내내 제이에스 손님이 오지 않기를 마음속으로 빌었다. 신이 내 생일 소원을 들어준 것인지 다행히도 퇴근할 때까지 그런 손님이 한 명도 오지 않았다. 그런데도 그닥 신나지 않았다. 시간이 지날수록 마음이 헛헛했다.

몇 년 동안 생일마다 계산대 앞에 서 있었지만 춥다고 느낀 적이 없었다. 일자리를 잃을 날이 멀지 않았기 때문이었을까. 사장은 빠르면 새해 1월 20일에 가게를 정리한다고 했다. 인수할 사람이 금방 나타나지 않으면 두세 달 정도 더 할 수도 있다고 했다. 어찌 되었든 나의 고용은 짧게는 한 달이 좀 넘게, 길게는 세 달 정도 남았을 뿐이었다.

사장이 가게 재계약을 포기한 뒤로, 드문드문 가게를 방문하던 본사 직원이 얼굴을 자주 내비쳤다. 본사 직원은 올 때마다 형식적인 인사를 건넸다.

"별일 없으시죠?"

나는 "재계약은 어떻게 되어가나요?"라고 물었다.

그는 "계속 이야기하는 중이에요"라고 답했다.

사장이 재계약을 한다고 했다가 갑자기 마음을 바꿔서 계약 날짜가 임박해서 안 한다고 했기 때문에, 본사 직원은 사장이 재계약하는 방향으로 이야기를 끌고 가고 있다고 덧붙여 말했다. 나는 도통 그 말을 신뢰할 수 없었다.

사장은 가게를 정리하겠다는 말을 한 뒤로 잘 팔리는 상품을 제외하고는 상품을 더 이상 발주하지 않았다. 항상 꽉 차 있던 창고의 과자 자리는 하루가 다르게 비었다. 11월 중순까지만 해도 오히려 괜찮았다. 가게를 정리하겠다고는 했지만, 사장은 말을 바꿔 재계약한다고 했으니까. 창고도 꽉꽉 차 있었다. 정리할 게 많아서 피곤했지만, 한동안 밥벌이 문제를 걱정하지 않아도 되니 다행이었다.

그러다가 사장이 돌연 태도를 바꾸었다. 재계약하지 않겠다고. 나는 그 말을 듣고 이렇게 갈대처럼 쉽게 왔다 갔다 할 거면 차라리 가게 계약이 끝날 때 나도 그만두는 게 낫겠다는 생각을 했다. 더 이상 사장 말 한마디 한마디에 휩쓸리기 싫었으니까.

한편으로는 충분히 익숙해진 이곳 생활을 바꾸기 싫었다. 다른 곳에서 일하게 되면 처음부터 다시 일을 배워야 하니까. 주말을 붙여서 쉬는 것도 쉽지 않을 터였다. 그러면 타지로 취재나 답사를 가기도 어려웠다. 내가 진행하는 프로젝트가 모두

#편의점 유감

멈출 수도 있었다. 머리가 아팠다. 고민을 안고 퇴근하던 저녁, 매일 걷던 산책로의 가로등이 심기가 불편한 듯 깜빡거렸다.

유달리 추웠던
하루

———— 두 개의
이름

우리나라에서 가장 흔하게 접할 수 있는 성씨는 '김', '이', '박'이지만 '최'도 드문 성씨는 아니다. 내가 단 명찰에는 '최정윤'이라는 이름 석 자가 선명히 박혔다. 단골손님들은 때때로 성을 빼고 "정윤 씨"라며 이름을 불렀다.

최정윤. 평범하면서도 무난한 이름. 외자도 아니고 특이한 이름도 아니기에 살면서 이름 때문에 피곤한 일을 겪어본 적이 없었다. 그런데, 편의점에서 일하면서 내 이름은 예상치도 못한 관심의 대상이 되었다.

"어, 옛날에 탤런트 중에 똑같은 이름 있었는데!"

그 탤런트가 누군지 나는 잘 모르고 관심도 없었다. 손님이

#편의점 유감

그저 빨리 계산을 마치고 나가 주길 바랄 뿐이었다. 그런 내 마음을 아는지 모르는지 손님은 그 탤런트가 나온 작품을 술술 읊어댔다.

"본관이 어디에요? 나도 최씬데. 어디 최씹니까?"

가장 많이 듣는 건 본관이 어디냐는 질문. 처음에 이 질문을 받았을 때는 같은 성씨를 만나서 반가워서 그런가 보다 하고 넘겼다. 그런데 자주 듣다 보니 이제는 '본관이고 뭐고 다 알게 뭐야'라는 생각이 먼저 들었다. 어차피 우리는 남이고 본관이 어디든 간에 한 번 보고 말 사이 아닌가. 쓸데없는 관심은 필요 없으니까.

마지막으로 많이 듣는 질문은 아는 사람과 이름이 같은데 무슨 사이냐는 것. 대한민국에 '정윤'이라는 이름을 가진 사람이 한 손에 꼽을 정도로 적은 것도 아닐 텐데 어떻게 서로 다 안단 말인가.

어느 날은 탤런트, 본관, 관계를 묻는 손님들이 한꺼번에 몰려 왔다. 그나마 다행히도 퇴근 시간이 되었을 때였다. 나는 관자놀이를 꾹꾹 누르며 유니폼을 벗고 출근할 때 입고 온 겉옷을 걸쳤다.

"석류 씨 수고했어요."

"네, 아저씨도 수고하세요."

범이 아저씨의 인사를 받고는 나는 문을 밀며 매장 밖으로 나왔다. '최정윤'으로 살던 '오늘의 시간'이 끝이 났다. 이제 내 이름 '석류'로 살아갈 시간이다.

#편의점 유감

OPEN

기억 1.   거미줄

　　매대 정리를 마치고 창고에서 기다란 빗자루를 꺼
내 들었다. 언제 걷어냈냐는 듯 오늘도 어김없이 거미줄이 같
은 자리에 쳐져 있었다.

　내 새끼손톱보다 작은 갈색 거미는 매일 가게 안 천장 모서
리와 출입구 밖 행사 매대, 현수막 주변에 자기 영역을 표시했
다. 하루 만에 어떻게 저렇게 할 수 있을까 싶을 정도로 거미줄
은 촘촘하고 튼튼했다. 여러 번 빗자루를 휘둘러야 걷힐 정도
였다. 의외로 거미줄에 날벌레가 걸린 광경을 본 적은 손에 꼽

을 정도였다. 눈에 띌 때마다 거미줄을 걷어내서 벌레가 걸릴 틈이 없었을지도 모르겠다.

빗자루로 거미줄을 걷어냈다. 다음 날이면 거미줄은 촘촘히 다시 쳐 있을 것이다. 거미가 참 부지런하단 생각이 들었다. 끝없이 걷어내도 다음 날이면 다시 생기는 거미줄처럼, 내 인생도 촘촘히 쳐진 시간표를 따라 흘러갔다.

새벽 6시 반, 기상해서 출근 준비. 오전 8시부터 저녁 6시까지 열 시간 근무. 퇴근하고 집에 오면 7시. 매일 반복되는 시간이 적응될 법도 하지만, 늘 버거웠다. 퇴근 후 집에 와서도 습관처럼 혼잣말을 하곤 했다.

"퇴근하고 싶다."

빗자루 끝에 먼지처럼 까맣게 뭉친 거미줄을 보면서 거미의 삶이 궁금해졌다. 매일 거미줄을 만들어내야 하니 고단하겠지만, 적어도 생계로서의 일과 직업으로서의 일이 분리되는 데서오는 괴리감은 없겠지. 하지만 거미에게도 거미만의 고민이 있을 테다.

어쩌면 거미줄에 걸린 건 벌레가 아닌 내가 아닐까 하는 생각이 들었다. 거미줄에 걸리기 싫어서 나는 거미줄을 없애는

건 아닐까.

매일 거미줄을 만드는 거미와 거미줄을 없애는 나. 거미와 나는 끝나지 않을 전쟁을 벌였지만, 그 어디에도 승자는 없었다. 각자 자리에서 해야 할 일을 할 뿐이니까.

기억 2. 시간들

OPEN

계산대에 서서 켜켜이 쌓여가는 시간을 바라보았다. 아장아장 걷던 아기는 어느덧 커서 유치원에 갔고, 유치원생이었던 아이는 초등학생이 되었고, 초등학생이었던 아이는 중학생이 되었고, 중학생이었던 아이는 고등학생이 되었고, 고등학생이었던 아이는 대학생이 되었다.

많은 이들이 새로운 단계로 나아가는 모습을 바라보고 있자니 마음이 벅찼다. 나 역시 편의점에서 처음 일할 때까지만 해도 20대였지만 어느덧 30대가 되었다.

많은 시간이 흘렀지만 매일 오는 손님들의 모습만큼은 달라지지 않았다.

타이레놀, 파스, 빵을 습관처럼 사러 오는 바로 옆 분식집 아주머니는 종종 나에게 밥을 먹었냐고 물어보곤 일부러 김밥을 싸 주셨다. 그런 아주머니가 고마워 평소보다 더 길게 일해야 하는 날에는 일부러 식사를 그곳에서 시켜서 먹곤 했다.

유치원을 마치고 집으로 가는 길에 할머니 손을 잡고 과자를 사러 오는 꼬마도 생각났다. 이름이 세인이라는 꼬마인데, 맨 처음 보았을 때는 걸음이 서툴어서 뒤뚱뒤뚱 걷는 모습이 아기 펭귄 같았다. 아기 펭귄 같던 꼬마는 어느새 많이 자라 이제는 말도 많이 할 줄 알고 걷는 모습도 늠름해졌다.

하루에 두 번씩 와서 금성 맥주를 한 캔씩 사 가는 할아버지도 빼먹을 수 없다. 다른 맥주가 아닌 그 맥주만 매일 사시길래, 입맛에 맞으시냐고 물었더니 할아버지는 슬며시 웃으셨다. 할아버지 덕분에 나도 금성 맥주 맛이 궁금해서 퇴근길에 사간 적도 있다.

그 외에도 생각나는 사람들이 더 있다. 강아지 짱구와 함께 매일 와서 병맥주를 사 가시며 항상 따뜻한 말로 나를 챙겨주신 고마운 노부부, 매일 요구르트값을 왜 550원을 받냐고 말씀하는 할머니. 비슷한 시각에 등장하는 그 손님들을 마주하지 않으면 뭔가 하루가 제대로 흘러가지 않을 것도 같다.

다른 사람은 몰라도 나에게 정겹게 대해준 이들에게는 인사를 해야겠지. 찰나의 순간이지만 매일 얼굴을 맞대며 우리가 함께 이 공간에서 쌓아온 시간들이 있으니까.

나는 편의점에서의 마지막 시간들을 차곡차곡 쌓아가며, 공간과 사람과 헤어질 준비를 했다.

기억 3.　　7시간과 7000원

가게를 인수할 사람이 나타났다. 인수할 사람이 1월 21일부터 가게를 맡는 게 가능하다고 해서 1월 20일까지는 일하기로 했다.

인수자는 사장의 지인이라고 했다. 사장은 여느 때와 같이 오늘도 전화를 걸어왔고, 전화 내용은 별 영양가가 없는 것들이었다.

사장은 내게 새로운 일자리를 구하고 있냐고 물었고, 나는 찾는 중이라고 답했다. 사장은 그렇냐고 하더니 인수하는 지인에게 나와 범이 아저씨를 고용할 생각이 있냐고 물어보았는데, 흔쾌히 고용하겠다고 했다며 내 생각은 어떤지 물었다.

"하루에 7시간 일할 수 있게 해준대."

"아 정말요? 시급은 얼마나 되는데요?"

"내가 7000원 주라고 했어."

7시간 근무에 시급 7000원. 한 달에 최소 20일을 일한다 치면 98만 원을 받을 수 있다. 최저를 다 받는다 해도 128만 2400원밖에 벌지 못한다. 7000원을 받으면 나는 또 투잡을 뛰어야 한다. 그러면 영영 편의점에서 탈출하지 못할 것이고 내 청춘은 편의점에서 스러질지도 몰랐다.

이제는 때가 되었다고 생각했다. 낮은 시급과 불안정한 고용…. 언제 말 한마디로 잘리게 될지 몰라서 벌벌 떨지 않고, 최소한 내가 버텨내기만 하면 고용이 보장되는 곳으로 가야겠다고.

"좋은 기회 주셨지만 저는 못 할 것 같습니다. 이제는 편의점 말고 다른 일을 해보려고요. 신경 써주셔서 감사합니다."

사실은 좋은 기회도 아니고 감사한 일도 아니었지만 찝찝하게 마무리하기는 싫어서 최대한 예의를 갖추어 말했다. 사회생

활이란 그런 것이니까. 옳지 않아도 때때로는 옳다고 말해야 하는 순간들의 연속. 게다가 한 다리만 건너면 다 알 정도로 좁은 이 도시에서는 언제 어떻게 마주칠지 알 수 없기에 찝찝한 마무리는 금물이었다.

사장은 내가 성실하고 착하니까 다 잘될 거라고 했다. 나는 그 말을 들으며 속으로 헛웃음을 쳤다. 4년 반 동안 지각 한 번 하지 않았고, 아파도 근무를 나왔고, 공휴일과 명절에도 쉬지 않고 나왔고, 수십 명의 인수인계를 대신했고, 셀 수 없이 많은 대타를 뛰었지만 내게 결과적으로 돌아온 건 비자발적 퇴사였으니까.

편의점에서 일하는 동안 나는 불안정한 고용으로 언제 잘릴지 몰라 항상 두려움에 벌벌 떨었다. 모든 게 확실해진 지금은 마음이 오히려 가볍다. 나는 이제 더 이상 내 권리를 잃어버린 채 노동하지 않을 것이다.

사장과 통화를 끝낸 뒤 7000원 시급으로 야간에 일하게 될 범이 아저씨를 떠올렸다. 아저씨는 나이가 많아 새 일자리를 구하는 게 쉽지 않다고 했다. 어쩔 수 없이 범이 아저씨는 고용이 유지된다는 조건 하나만으로 이 공간에서 또다시 긴 시간을 보내야 할 것이다.

"그만두고 난 뒤에도 시간 되면 놀러 와요."

범이 아저씨의 말에 알겠다고 대답했지만, 나는 더 이상 이 동네에 오지 않으리란 걸 알았다.

내가 이곳에 오기 전부터 이미 편의점에 있던 범이 아저씨는 변함없이 계산대를 지킬 것이다. 범이 아저씨를 바라보다 문득《편의점 인간》에 나오는 알바생 '게이코'가 떠올랐다.